KB078291

독고진 장편 소설

FUSION FANTASTIC STORY

100마일

100MILE

100마일 8

독고진 장편 소설

초판 1쇄 찍은 날 § 2015년 6월 17일
초판 1쇄 펴낸 날 § 2015년 6월 24일

지은이 § 독고진
펴낸이 § 서경석

편집책임 § 한준만

펴낸곳 § 도서출판 청어람
등록번호 § 제387-1999-000006호
등록일자 § 1999. 5. 31
어람번호 § 제1-2152호

주소 § 경기도 부천시 원미구 부일로 483번길 40 서경B/D 3F (우) 420-822
전화 § 032-656-4452 팩스 § 032-656-4453
http://www.chungeoram.com
E-mail § chungeorambook@daum.net

ISBN 979-11-04-90280-2 04810
ISBN 979-11-04-90145-4 (세트)

독고진 장편 소설
FUSION FANTASTIC STORY

100마일
100MILE

8

도서출판 청어람

100마일
100MILE

CONTENTS

Chapter 1

텍사스 레인저스(Texas Rangers).

1961년 창단한 텍사스 레인저스(창단 시에는 워싱턴 세네 터스였다)는 강팀이라는 이미지가 심어져 있음에도 불구하고 지금까지 단 한 번도 월드 시리즈에서 우승한 적이 없는 팀이다.

1990년대 후반에는 강팀으로서 아메리칸리그에서 돌풍을 일으켰고 2010년부터 줄곧 아메리칸리그에서 강자로 군림해 왔지만, 언제나 지구 우승과 아메리칸리그 우승에만 만족해야 했던 만년 2인자의 팀으로 팬들은 기억하고 있을 뿐이다.

한국인들에게는 대박 계약을 성사시키며 한국 선수들을 사랑하는 팀으로도 유명했다.

박호찬과 추진수에게 엄청난 FA 계약을 안겨준 고마운 구단으로 한국인들에게는 LA 다저스 다음으로 친숙한 구단이다.

1승 1패를 사이좋게 나눠가진 상황 속에서 시즌 3번째 경기가 시작됐다.

마운드에 서니 관중들이 저마다 환호성을 내지르며 나의 복귀를 환영해 주었다.

각종 플래카드를 들고 열렬하게 응원을 하는 팬들도 있었고, 내 이름과 번호가 마킹된 유니폼을 입고 고래고래 소리를 내지르는 팬들도 있었으며, 점잖게 희미한 미소와 함께 박수만 쳐 주는 팬들도 있었다.

고작 한 경기 결장을 했을 뿐이지만, 팬들의 과분한 환대를 받으니 더욱더 힘이 났다.

로진백을 손바닥 위에서 툭툭 던지며 글러브를 낀 손을 다시 한 번 움직여 봤다.

아무런 문제도 느껴지지 않았다.

마운드에 올라가기 전까지도 게레로 감독은 내게 신신당부를 했다.

조금이라도 통증이 느껴진다거나 몸에 이상 신호가 느껴지면 어떤 상황에서라도 반드시 자신에게 신호를 보내라고.

과잉보호인 건 사실이지만, 2억 5천만 달러의 몸값을 생각했을 때 당연한 행동 같기도 했다.

"지혁아!"

포수 마스크를 쓴 형수가 내 이름을 크게 불렀다.

포수 미트에 자신의 오른 주먹을 때려 넣으며 공을 던지라는 행동을 보였다.

로진백을 내려두고 피처 플레이트에 발을 올려놓은 후 천천히 호흡을 들이쉬고는 와인드업을 했다.

부드럽게, 그리고 마지막은 강하게.

쇄애애애액.

퍼— 어엉!

"오케이! 좋아! 좋아!"

시원스럽게 꽂히는 공에 형수가 만족스럽게 외쳤다.

나 역시 굉장히 가볍게 느껴지는 몸의 상태에 미소를 지었다.

연습 투구가 끝나고 주심이 정식으로 경기 시작을 외쳤다.

텍사스 레인저스의 잿빛 원정 유니폼을 입은 1번 타자 오자이노 알비스가 타석으로 걸어 들어왔다.

　작은 체구의 오자이노 알비스는 2025년 시즌이 시작되기 전, 텍사스 레인저스와 5년 계약을 맺고 시카고 화이트삭스를 떠나 유니폼을 갈아입었다.

　평균을 훨씬 상회하는 수비 능력과 훌륭한 타격 능력, 정상급의 주루 플레이를 갖추고 있는 오자이노 알비스는 텍사스 레인저스에서 2년 동안 훌륭하게 리드오프로서의 능력을 보여줬다.

　배트를 짧게 쥔 오자이노 알비스를 향해서 초구를 던졌다.

　쐐애애액!

　퍼— 엉!

　"스트라이크!"

　바깥쪽을 찌른 포심 패스트볼, 전광판에 찍힌 숫자는 96mph.

　파워가 부족한 오자이노 알비스였기에 어렵게 갈 필요 없이 간단하게 생각하고 2구도 낮은 코스의 스트라이크 존을 통과하는 97마일의 포심 패스트볼을 던졌다.

　3구는 몸 쪽 높은 코스의 포심 패스트볼.

　2스트라이크 노볼이라는 극도로 불리한 카운트 속에서 오자이노 알비스는 힘을 다해서 배트를 휘둘렀지만, 99마일을 찍어버린 강력한 포심 패스트볼에 방망이가 빗맞으면서 유격수 방면으로 땅볼이 나왔다.

언제나 든든하게 믿을 수 있는 크레이그 바렛은 빠르게 움직여 안정적으로 포구를 한 이후, 1루수를 향해 송구를 했다.

"아웃!"

빠른 발을 가진 오자이노 알비스가 있는 힘껏 1루 베이스를 향해 전력으로 달렸지만, 리그 최정상급의 수비력을 가진 크레이그 바렛 앞에서는 무의미한 질주로 남고 말았다.

오자이노 알비스가 떠난 타석에는 2번 타자이자, 텍사스 레인저스에서 붙박이 좌익수로 이름을 날리고 있는 제이크 쿠퍼가 들어섰다.

27살의 제이크 쿠퍼는 2020년 드래프트 당시부터 상당한 관심을 받았던 특급 유망주였다.

당시 제이크 쿠퍼를 직접 관찰했던 텍사스 레인저스의 스카우트는 제2의 조시 해밀턴이 될 가능성이 있다고 했지만, 결과적으로 100년 만에 한 번 나올까 말까 하는 조시 해밀턴의 재능에는 결코 미치지 못했다.

하지만 기본적인 재능이 상당히 뛰어났던 제이크 쿠퍼는 당시 드래프트에서 1라운드에 텍사스 레인저스 유니폼을 입으며 입단을 했고, 4년 만에 쟁쟁한 텍사스 레인저스의 외야수들 가운데 한 자리를 차지할 수 있었다.

195㎝의 큰 키에 100㎏에 육박하는 체격을 지닌 제이크 쿠퍼는 배트를 길게 잡고 타석에서 날 노려보고 있었다.

체격이나 타격 능력 등을 감안한다면 결코 2번 타자로는 어울리지 않는 제이크 쿠퍼였지만 그의 뒤를 잇고 있는 타자들이 줄줄이 비슷한 체격이거나 혹은, 그것보다 더 크고 발이 느리다는 이유 때문에 제이크 쿠퍼는 2번 타순에 배치가 된 상태였다.

무엇보다 중심 타선일 때보다 테이블 세터를 맡고 있을 때의 성적이 더 좋다는 게 제이크 쿠퍼가 2번 타자인 결정적이 이유다.

'빠른 볼에 강한 타자.'

제이크 쿠퍼의 배트 스피드는 굉장히 빠르다.

메이저리그 전체 타자들을 통틀어 열 손가락 안에 들어갈 정도다.

섣부르게 빠른 구종으로 승부를 봤다가는 치명타를 받을 가능성이 크다.

'초구는 체인지업인가?'

형수의 사인을 받으며 글러브로 가린 입가가 살짝 양끝으로 올라갔다.

아직까지도 타격에 대한 의존도가 높은 형수였지만, 포

수로서의 성장도 게을리하지 않고 있다는 게 느껴졌다.

타자를 상대하는 건 투수지만, 타자를 분석해야 하는 사람은 포수다.

경기 전까지 포수는 상대팀 타자들에 대한 데이터를 분석하여 머릿속에 입력하고, 경기에서는 타자 바로 뒤에 앉아 버릇과 행동, 자세 등을 실시간으로 파악해서 투수에게 정보를 줘야 한다.

단지 투수가 던지는 공만 잘 잡는 포수는 절대 프로 리그에서 살아갈 수 없다.

항상 분석하고 공부하며, 팀 전체를 진두지휘하고 조율할 줄 알아야 하면서도 개인의 기량을 발전시켜야만 하는 포지션이 포수다.

'코스는 바깥쪽.'

토렌스가 돌아오기 전까지 자신의 존재감을 확실하게 느끼게 해주겠다는 듯 상당히 노력한 흔적이 보이는 형수였기에 그를 믿고 원하는 공을 던져 주기로 했다.

쇄애애액.

부웅!

퍼엉!

"스윙!"

초구부터 노렸다.

제이크 쿠퍼는 2번 타자임에도 공을 길게 볼 생각이 없다는 듯 과감하게 배트를 휘둘렀다.

감독의 작전 지시인지 제이크 쿠퍼 단독 행동인지 알 순 없지만 중요한 건 초구에 승기를 잡고 들어갔다는 사실이다.

2구는 바깥쪽으로 살짝 빠지는 포심 패스트볼을 던졌다.

어깨가 움찔거리기는 했지만, 제이크 쿠퍼의 배트는 나오질 않았다.

3구는 홈플레이트 앞에서 떨어지는 파워 커브를 던졌고, 제이크 쿠퍼의 배트가 나왔지만 중간에 멈춰서며 1루심의 판정으로 노스윙이 되고 말았다.

1스트라이크 2볼.

'나올 것 같으면서도 잘 참네.'

3개의 공을 던지면서 제이크 쿠퍼가 어떤 마음으로 타석에 섰는지 확인했다.

스트라이크 존을 통과하는 공에 있어서는 그대로 보내지 않겠다는 상당히 공격적인 자세.

인내하고 참을 줄 아는 타자에 비해 상대하기 쉬운 건 사실이지만, 제이크 쿠퍼처럼 빠른 배트 스피드와 나름 정교한 타격 능력을 갖춘 타자에게는 마음 놓고 던질 수 있는 공이 많지 않았기에 까다로운 점이 없잖아 있었다.

'파워도 좋은 편이니까 쉽게 갈 수가 없어.'

시즌이 거듭될수록 파워가 증가해서 작년에는 21개의 홈런을 때렸던 제이크 쿠퍼.

빠른 배트 스피드와 정교한 타격 능력으로 인해 발생한 홈런도 많았지만, 자세가 무너지거나 억지로 힘으로 밀어 홈런을 날린 것들도 적지 않았기에 기본적으로 파워가 부족한 타자는 아니었다.

네 번째 공에 대한 사인은 컷 패스트볼, 몸 쪽.

아슬아슬하게 스트라이크 존을 통과하는 공을 던져야만 한다.

어설프게 코스가 중심으로 몰리거나 너무 타자 몸 쪽으로 붙어서는 안 된다.

최고의 결과는 빗맞은 타구가 발생하여 내야 땅볼로 범타 처리가 되는 것이고, 중간의 결과는 지켜보다가 스트라이크가 되는 것, 나쁜 결과로는 몸 쪽으로 너무 붙어버려 볼 판정을 받는 것, 최악의 결과는 코스 조절 실패로 인한 실투와 피홈런이다.

이글거리는 눈으로 날 바라보는 제이크 쿠퍼의 모습을 확인하며 공을 던졌다.

손가락 끝에 걸리는 실밥의 감촉이 괜찮았다.

스트라이크 존 중심을 향해 나아가며 타자의 몸 쪽으로

짧지만 예리하게 꺾이는 컷 패스트볼.

약 93~94마일 정도로 구속은 만족스럽지 않았지만, 코스가 좋았고 구속 역시 미리 예상하지 않은 이상 쉽사리 타격에 성공할 수가 없었다.

딱!

간결한 스윙과 함께 포수의 미트로 들어가려는 공을 제이크 쿠퍼는 힘으로 밀어냈다.

'낙구 지점이…….'

정확하게 스윗스팟(sweet spot)에 공이 맞지는 않았음에도 타구가 순식간에 내야를 벗어나버렸다.

문제는 내야수와 외야수 사이의 절묘한 지점, 흔하게들 말하는 빗맞은 안타, 바가지 안타라고들 말하는 텍사스 안타(texas leagers hit)가 발생할 확률이 무척이나 높았다.

타구를 향해서 유격수 크레이그 바렛과 좌익수 마이크 트라웃이 동시에 달렸다.

두 사람 모두 빠른 발을 가진 선수들이고, 수비 능력 또한 두말할 필요가 없었기에 일말의 희망이 보였다.

타구를 보며 앞으로 달리는 마이크 트라웃과 타구를 보며 뒤로 달리는 크레이그 바렛은 누구 한 사람에게 양보할 수 없을 정도로 낙구 지점이 절묘한 곳으로 떨어지고 있었다.

더 이상 뛰어선 타구를 잡을 수 없다 판단이 들었는지 마이크 트라웃이 몸을 날렸다.

동시에 크레이그 바렛은 다이빙을 하는 마이크 트라웃의 외침에 급히 옆으로 물러났다.

타구가 바닥에 닿으려고 하는 순간, 마이크 트라웃의 글러브가 아슬아슬하게 공을 잡아냈다.

타구를 잡았다며 글러브를 머리 위로 들고 크레이그 바렛의 부축을 받으며 몸을 일으킨 마이크 트라웃의 모습에 홈팬들은 저마다 벌떡 일어나며 감탄성과 함께 박수를 쳐주었다.

―와아아아아아!

나 역시 마이크 트라웃의 몸을 아끼지 않는 호수비에 박수를 아끼지 않았다.

1루 베이스를 밟고 상황에 따라선 2루까지 달릴 준비를 하던 제이크 쿠퍼마저 마이크 트라웃을 향해 엄지손가락을 치켜세우고는 더그아웃으로 돌아갔다.

'하나 제대로 빚을 졌네.'

솔직히 잡기 힘든 타구였다.

트라웃의 빠른 발과 과감한 판단력에 몸을 아끼지 않는 열정이 없었다면 고스란히 안타를 내주고 말았어야 했다.

조금이라도 몸을 사리는 선수였다면 무리하지 않고 바운

드되어 튀어 오르는 공을 안정적으로 잡았을 거다.

팀의 리더로서의 역할과 어쩌면 마지막이 될지도 모른다는 선수 생활의 마지막 불꽃을 태우기로 마음을 먹고 있는 트라웃이 아니었다면 분명 빗맞은 안타로 끝났을 거다.

'마지막.'

나는 이제 시작이지만, 마지막을 준비하는 선수들이 있다는 사실이 새삼스럽게 다가왔다.

언젠가는 나 역시 마지막을 준비하게 된다.

그때는 어떤 심정일까?

과연 트라웃처럼 마지막 불꽃을 태우기 위해 몸을 아끼지 않을 수 있을까?

알 수 없는 미래의 일이지만, 분명한 건 프로 야구 선수로서의 삶이 그리 길지만은 않다는 점이다.

그 길지 않은 선수 생활 동안 항상 전투적으로 야구를 할 수 있을까?

힘든 일이다.

몸을 돌보지 않고 야구를 하다가는 부상이라는 악령이 발목을 붙잡고 놓아주지 않을 수도 있다.

그렇다고 대충대충 야구를 할 수도 없다.

적당히 몸을 사려가면서 야구를 해야 하는 건가?

문득, 며칠 전에 걸려왔던 안젤라 쉴즈와의 통화가 떠올랐다.

"힘들지만 카메라 앞에 서면 항상 최선을 다하려고 해요. 아무리 바쁜 스케줄로 몸이 피곤해도 내가 원해서 하는 일이니까요. 이제 와서 힘들다고 그만둘 수도 없고, 그러기엔 너무 무책임하다는 생각이 들더라고요. 그래서 요즘에는 최선을 다하되 처음 모델이 되어 카메라 앞에 섰을 때처럼 최대한 즐기려고 노력하고 있어요. 언제까지 내가 모델로서 카메라 앞에 설 수 있을지 모르지만, 나중에 후회를 하진 말아야죠. 그래야만 최소한 내가 모델로 활동했을 때에는 정말 내가 그 일을 즐기면서도 최선을 다했구나, 라고 생각할 수 있겠더라고요."

빡빡한 스케줄로 인해 일상 자체가 완전히 무너져 버렸음에도 최선을 다하고 즐기려고 노력한다는 그녀의 말이 떠올랐다.

최선을 다하되 즐겨라.

무척 좋은 말이라는 생각이 들었다.

지금까지 과연 난 야구를 얼마나 즐겼을까?

최선을 다한 것에 대해서는 의심의 여지가 없지만, 즐기면서까지 야구를 했었는지에 대해서는 확실히 스스로에게 의문이 들었다.

즐겁다는 감정을 느낀 것과 내가 의도적으로 즐겼다는 건 분명 다른 거였다.

몸에 묻은 이물질들을 툭툭 털어내는 트라웃의 입가엔 미소가 가득했다.

호수비를 해서, 많은 팬들의 환호를 받아서, 팀에 공헌을 쌓아서 미소를 지을 수도 있지만, 내 눈엔 지금 이 순간을 즐기고 있다는 생각과 후회스럽지 않은 수비를 함으로써 스스로 크나큰 만족감을 느끼고 있을 것 같다는 생각이 들었다.

우둘투둘한 공의 실밥을 느끼며 타석에 들어서는 텍사스 레인저스의 3번 타자, 3,700만 달러의 메이저리그 최고 연봉을 받는 현역 메이저리그 최강의 타자 바이런 벅스턴을 바라봤다.

'즐겁게, 그리고 최선을 다해서 후회 없이.'

타석에 서 있는 바이런 벅스턴을 바라보자 그에 대한 생각이 머릿속에 자연스럽게 떠올랐다.

2012년 드래프트 1라운드 전체 2위로 미네소타 트윈스와 계약을 한 바이런 벅스턴은 당시 최고의 유망주로 꼽혔으며, 많은 이들의 기대와 관심 속에 성장을 시작했다.

놀라운 건 2013년에 있었던 바이런 벅스턴에 대한 BA의 평가였다.

공을 느긋하게 지켜볼 줄 알고, 간결하고 짧은 스윙으로 공을 칠 수 있으면서도 손목 힘이 좋아 굉장히 빠른 배트 스피드로 안타 생산 능력이 뛰어나다는 컨택 평가 점수 70점.

마른 체형임에도 불구하고 높은 파워를 지니고 있어 그라운드의 모든 방향으로 홈런을 날릴 수 있으며, 미래에는 25~30개의 홈런을 무난하게 칠 수 있다는 파워 평가 점수 60점.

우타석에서 1루까지 4~4.05초의 무지막지한 스피드를 보유하고 있는 스피드 평가 점수 80점.

펜스 플레이, 타구 판단 능력, 주력을 이용한 광범위한 필드 커버 능력 등 부족한 부분이 느껴지지 않아 오죽했으면 한 스카우트는 '현재 빅리그에서 벅스턴보다 수비를 잘하는 중견수가 누구지?'라고 했을 정도의 수비 평가 점수 80점.

고교 때 92~94마일을 던지는 투수였기도 했던 강견에 무턱대고 강하게 던지기보단 중계, 3루, 홈까지 어디로 던지느냐에 따라 어깨 강도를 조절하는 영리한 모습까지 보였던 어깨 평가 점수 70.

컨택 70, 파워 60, 스피드 80, 수비 80, 어깨 70.

놀라운 수치다.

보통 BA 20-80스케일 평가에서 50점이면 메이저리그 평균, 60점이면 평균 이상, 70점이면 올스타급, 80점이면 MVP급이라 부른다.

잠재 능력만 놓고 본다면 올스타 이상의 재능을 갖고 있다는 과대 평가를 받은 바이런 벅스턴이었지만, 실제로 그는 메이저리그에 데뷔하면서 자신의 평가가 결코 과분하지 않았다는 걸 스스로 증명해 냈다.

2016년 메이저리그 데뷔와 동시에 신인상과 MVP를 석권한 바이런 벅스턴은 2010년 이후 6년 만에 미네소타 트윈스를 지구 우승으로 이끌었다.

이후로도 바이런 벅스턴은 아메리칸리그 최고의 타자 중 한 명으로 탄탄하게 자리매김했고, 2020년 미네소타 트윈스를 떠나 텍사스 레인저스와 8년 272M, 2억 7천 2백만 달러에 계약을 맺게 된다.

놀라운 건 2029년 구단 옵션 계약이 남아 있는데, 만약 텍사스 레인저스에서 바이런 벅스턴과 1년 계약을 연장하게 될 시엔 4천만 달러라는 연봉을 지불해야만 한다는 사실이다.

메이저리그 최초로 연봉 4천만 달러를 받을지도 모르는 유일한 선수가 바이런 벅스턴이다.

'메이저리그 최고의 타자.'

타석에 서 있는 바이런 벅스턴의 모습은 그 자체만으로도 마운드에 서 있는 나를 압박하는 기운이 느껴졌다.

선입견일 수도 있다.

바이런 벅스턴이라는 타자가 가지고 있는 강렬한 이미지가 무의식중에 나를 위축시키고 있을지도 모른다.

"후우우."

크게 숨을 토해내며 형수의 사인을 기다렸다.

형수는 섣부르게 사인을 내지 못하고 있었다.

13타수 6안타 1홈런.

26일과 27일에 있었던 텍사스 원정 경기에서 바이런 벅스턴이 기록한 성적이다.

무려 0.462의 타율이다.

반올림해서 두 타석당 안타 하나씩 뽑아냈다는 뜻이니 형수로서는 아무리 바이런 벅스턴에 대해서 분석을 하고 연구했다 하더라도 마음 놓고 사인을 보낼 곳이 없는 입장이었다.

주저하는 형수의 모습에 내가 사인을 보냈다.

'바깥쪽 낮은 코스의 포심 패스트볼.'

바이런 벅스턴이 가장 취약한 부분이라고 알려졌고, 형수 또한 알고 있지만 앞서 있었던 두 경기에서 안타를 모두 맞았기 때문에 사인을 보내지 못했던 것뿐이다.

형수는 내 결정에 주저 없이 고개를 끄덕였다.

안타를 맞았던 코스라 하더라도 투수가 다르고, 통계적으로 취약한 부분이었으니 다른 대안을 찾기가 힘들었으리라.

'안타를 맞더라도 현역 메이저 최고의 타자에게 맞는다면 내가 손해 보는 일도 없지.'

다른 때였다면 반드시 안타를 맞지 않겠다는 마음가짐을 가졌을지 모른다.

하지만 이제는 다르다.

최선을 다하면서도 즐길 수 있도록 공을 던질 수 있을 것 같았다.

쒜애애애액.

퍼— 어엉!

빠르게 날아간 공은 그대로 스트라이크 존을 통과하며 포수 미트에 꽂혔다

코스 때문인지, 아니면 공의 스피드가 97마일이 나왔기 때문인지 바이런 벅스턴은 꼼짝도 하지 않고 공을 지켜보기만 했다.

타석에 물러난 바이런 벅스턴은 장갑을 벗었다 다시 착용하며 가볍게 양쪽 어깨를 돌린 후에야 자리를 잡고 섰다.

배트를 쥐고 있는 손목이 살짝 조여지는 게 보였다.

즐기겠다 마음을 먹으니 여유가 생겼고, 자연스럽게 시야가 넓어지며 타자의 행동 하나하나가 더욱 또렷하게 눈에 들어왔다.

'좋네.'

저절로 입가에 미소가 그려졌다.

적당한 긴장감과 여유가 몸 상태를 유연하게 만들었다.

'두 번째는 파워 커브를 몸 쪽으로 붙인다.'

몸 쪽으로 떨어지는 커브를 기가 막히게 잘 치는 타자들도 있지만, 대다수의 타자들은 몸 쪽으로 붙어서 떨어지는 커브를 결코 선호하지 않는다.

딱.

바이런 벅스턴은 떨어지는 커브를 비스듬하게 깎아서 커트해 버렸다.

3구는 바깥쪽 높은 코스로 빠지는 포심 패스트볼을 던졌지만, 볼이 되고 말았다.

4구는 바운드가 될 정도로 낮게 떨어지는 파워 커브로 바이런 벅스턴의 배트를 유인해 봤지만 역시 쉽게 걸리지 않았다.

바이런 벅스턴과의 마지막은 5구, 몸 쪽으로 바짝 붙인 포심 패스트볼에서 났다.

99마일의 빠른 패스트볼에 바이런 벅스턴은 제대로 대응하지 못하고 만 거다.

딱!

내야에서 높이 솟아오르는 공을 크레이그 바렛이 안정적으로 잡아내며 이닝이 종료됐다.

삼진은 하나도 없이 모두 범타로 끝이 난 1회였다.

"삼진이 없어서 아쉽겠네?"

더그아웃으로 들어가며 형수가 능글스럽게 웃으며 그렇게 말했다.

"다음에 잡지 뭐."

태연스러운 내 대꾸에 형수는 뜨악한 표정으로 날 바라보다 고개를 세차게 흔들었다.

"역시 변했어! 내가 알던 차지혁이 아니야! 내 친구를 돌려줘!"

형수의 장난에 피식 웃고는 더그아웃으로 들어가니 게레로 감독이 수고했다며 어깨를 두드려줬다.

"손은 괜찮은 건가?"

"예. 멀쩡합니다."

"다행이군."

게레로 감독은 편하게 앉아서 쉬라는 듯 살짝 몸을 비켜주었고, 나는 가볍게 고개를 숙이고는 이제는 지정석이 되어버린 자리에 앉아서 음료수를 마셨다.

"푸하~ 휴! 이틀 동안 정신없이 두드려 맞았더니 나도 모르게 엄청 긴장했나 보다."

음료수를 벌컥벌컥 마신 형수가 곁에 앉으며 그렇게 말했다.

원정 1차전과 2차전에서 LA 다저스가 허용한 실점이 무려 21점이다.

팀 방어율에 거대 블랙홀이 생겼다고 해도 과언이 아닐 정도의 치명적인 실점이었다.

팀의 실점에 있어서 가장 큰 책임을 지는 선수는 투수지만, 포수 역시도 만만찮게 데미지를 받는다.

특히, 특정 투수 한 명이 대량 실점을 한 것과 여러 명의 투수가 골고루 실점을 한 것을 비교하면 당연히 후자 쪽이 포수에게는 크나큰 부담감이 될 수밖에 없다.

전체적으로 투수들의 구종, 구질, 제구, 컨디션 등이 모두 나빴다고 할 수도 있지만, 그 이후에 나오는 말은 포수가 투수를 제대로 리드하지 못했기 때문이라고 말한다.

그러니 형수가 앞서 있었던 2경기를 통해 가졌을 압박감은 상상외로 컸다.

"너무 긴장하지 말고 조금이라도 여유를 가지면서 즐겨 봐."

내 말에 형수가 슬금슬금 옆으로 물러났다.

"누구야, 너?"

형수의 모습에 다시 한 번 웃음을 짓고는 마운드로 시선을 돌렸다.

마운드에는 텍사스 레인저스 유니폼을 입고 있는 멕시코인이 깔끔한 동작으로 연습 투구를 하고 있었다.

"아무리 생각해도 아쉽단 말이야. 훌리오 유리아스가 다저스에 계속 남아 있었다면 분명 한 번 정도는 월드 시리즈를 제패했을지도 모르는데 말이야. 설령, 그렇지 않다 하더라도 올 시즌 지혁이 너, 필 맥카프리, 훌리오 유리아스 무적 3인방이 완성될 수도 있었을 텐데."

형수의 말을 넘겨들으며 마운드 위에서 투구하고 있는 훌리오 유리아스를 바라봤다.

2012년 국제 드래프트 시장에서 LA 다저스와 계약을 한 훌리오 유리아스의 당시 나이는 16살이었다. 이후, 다저스의 유망주 팜에는 빅3라고 하는 최고의 재능을 갖춘 이들이 있었는데 그들이 바로 작 피더슨, 코리 시거, 훌리오 유리아스다.

코리 시거의 경우 다저스의 프랜차이즈 스타로 훌륭하게 성장했고 자리도 잡았지만, 작 피더슨과 훌리오 유리아스는 그렇지 못했다.

특히 다저스에서 무척이나 애지중지 키웠던 훌리오 유리아스는 커쇼의 뒤를 이을 재목이라는 평가를 받을 정도로 그 재능이 대단했다.

'15살에 92마일을 던졌으니 진짜 괴물이지.'

15살의 나이에 148㎞의 공을 던진다는 건 굉장히 대단한 재능을 타고 났다는 뜻이다.

내가 고등학교에 입학하기 직전에 140㎞를 던졌으니 타고난 어깨만 놓고 본다면 훌리오 유리아스는 내가 올려다보지도 못할 까마득한 곳에 서 있는 재능을 갖고 있었다.

그런 훌리오 유리아스를 다저스에서는 당연히 보물처럼 여겼다.

철저하게 투구수와 이닝 제한을 걸어뒀고, 집중적으로 관리를 하며 제2의 커쇼 만들기에 열과 성을 다했다.

하지만 다저스의 노력은 결국 실패로 돌아가고 말았다.

부상.

모든 운동선수들에게 가장 치명적인 부상이 훌리오 유리아스에게 찾아온 거다.

수술을 하고, 재활을 가졌지만 제2의 커쇼를 떠올릴 만큼 위력적인 모습은 찾아볼 수 없었다.

구속 저하와 제구력 난조의 최악의 상황에 빠지면서 결국, 다저스에서는 훌리오 유리아스를 트레이드시키며 새로운 유망주의 성장에 집중할 수밖에 없었다.

모든 스카우트들에게 극찬을 받았던 훌리오 유리아스였지만, 부상 이후 그는 그저 그런 선수로 마이너리그를 떠돌았고, 2번의 트레이드 끝에 결국 마지막 종착점인 텍사스 레인저스의 유니폼을 입게 됐다.

'텍사스에서도 당시 훌리오 유리아스에게 큰 기대를 걸지 않았었지.'

모두가 담담하게 훌리오 유리아스의 미래를 평가했을 때, 놀랍게도 그가 부활했다.

90마일을 간신히 넘겼었던 구속이 몇 달 사이에 98마일까지 치솟았으며, 무리해서 구속을 올리지 않으니 몸의 균형이 제대로 잡히면서 들쑥날쑥했던 제구력도 제자리를 찾았다.

16살의 나이에 메이저리그 구단과 계약을 하며 장밋빛 미래를 보장 받았던 훌리오 유리아스는 부상을 당하면서 무려 7년이라는 길고 긴 시간 동안 이리저리 치이다가 화려하게 본 모습을 찾아갔다.

정확하게 10년.

2022년, 26살의 나이에 훌리오 유리아스는 메이저리그 마운드에서 자신의 존재감을 뽐내며 7년 동안 받았던 설움을 모두 토해냈다.

그해 신인상을 수상하면서 훌리오 유리아스는 텍사스 레인저스의 보물이 되었다.

2022년 14승, 2023년 16승, 2024년 19승, 2025년 17승, 2026년 21승.

5년 연속 두 자리 승수를 쌓고 통산 87승을 거머쥔 훌리오 유리아스는 올 시즌이 시작되기 전 텍사스 레인저스와 7년 2억 달러라는 초대형 계약을 맺기까지 했다.

형수의 말처럼 훌리오 유리아스가 LA 다저스에 남아 있었다면 분명 엄청난 전력이 되었을 거다.

퍼엉!

"스윙! 삼진 아웃!"

97마일의 패스트볼 앞에 코리 시거가 헛스윙 삼진으로 물러나고 말았다.

한때는 다저스의 미래를 함께 짊어질 유망주였던 사이였지만, 이제는 서로를 넘어서야만 하는 타자와 투수로 마주한 두 사람의 모습이 한편으로는 씁쓸하게 보이기도 했다.

하나의 범타와 두 개의 삼진으로 너무나 깔끔하게 이닝을 마친 훌리오 유리아스는 텍사스 팀 동료들과 함께 웃는 얼굴로 마운드를 내려갔다.

"원정 두 경기는 정신없는 난타전이었는데, 아무래도 오늘은 숨 막히는 투수전이 될 것 같은데?"

형수가 마스크를 들며 나를 향해 그렇게 물었다.

"그럴지도 모르지."

가볍게 웃어주고는 더그아웃을 빠져나왔다.

숨 막히는 투수전이든, 피를 말리는 투수전이든 상관없다.

마운드 위에 서서 최선을 다해 즐겁게 공을 던질 수만 있다면 말이다.

"척~! 파이팅!"

고막으로 파고들어 오는 음성에 고개를 돌리니 관중석에서 늘씬하게 잘 빠진 몸매의 여자가 나를 향해 손을 흔들고 있었다.

얼굴의 반을 가리고 있던 선글라스를 살짝 들어 올리며 한쪽 눈을 찡긋거리는 행동에 나도 모르게 웃고 말았다.

안젤라 쉴즈, 이상할 정도로 내 마음을 두근거리게 만드는 여자였다.

단 한 번의 만남과 단 한 번의 전화 통화가 전부였지만, 이상하게도 그녀가 신경 쓰였다.

그리고 단 한 번도 생각하지 않았던 생각, 나를 응원해 주는 그녀를 위해 최선을 다하겠다는 마음도 자꾸만 들었다.

"누굴 그렇게 넋 놓고 쳐다보는 거야?"

트라웃이 내 곁을 지나가다 내 어깨를 툭 치며 물었다.

관중석에서 날 향해 연신 파이팅을 외치는 안젤라 쉴즈를 확인한 트라웃의 입꼬리가 한껏 올라갔다.

"여자 친구?"

"그, 그게……."

"굉장한 미인인데? 하하하."

웃으며 앞장서서 걸어가는 트라웃의 뒷모습을 바라보며 나는 스스로에게 물었다.

'왜 아니라고 명확하게 말하지 못한 거야?'

여자 친구가 아님에도 불구하고 트라웃의 물음에 주저했다는 내 자신이 너무나도 낯설게 느껴졌다.

어쩌면.

정말 어쩌면.

"아~ 나는 언제쯤 첫눈에 반할 만한 멋진 남자가 생길까?"

"남자 친구 있잖아? 그런데 무슨 남자 타령이야?"

"오빠가 뭘 알아! 남자나 여자나 첫눈에 반하는 사람을 만나야 하는 거야! 지금 남자 친구는 그냥 예행연습이라고나 할까? 내 진정한 사랑을 전해줄 멋진 왕자님을 위한 연습생일 뿐이라고."

"TV에서 나오던 어장 관리녀냐? 너 그러다 진짜 큰일 난다. 그리고 사람 마음 가지고 노는 거 아냐. 나중에 두고두고 후회

한다."

"어장 관리는 무슨! 기껏해야 만나서 영화나 보는 사이인데!
그리고 나 그렇게 못된 년 아니거든! 단지 나는 내 모든 걸 다 헌
신할 첫눈에 뿅 가는 그런 멋진 이상형을 만나고 싶을 뿐이라고!
에잇! 네가 뭘 알아! 야구밖에 모르는 로봇이! 심장은 있으세요?
예쁜 여자 연예인에게는 눈도 안 주면서 야구 선수만 보면 넋이
나가는 이상한 변태 주제에! 흥!"

지아와 투닥거리며 했던 말, 첫눈에 반하는 사람.

"내가 설마?"

그럴 리가 없을 거라 생각하면서도 심장은 더욱더 세차
게 뛰기 시작했다.

"지혁아!"

형수의 외침에 그제야 정신을 번쩍 차리고는 허겁지겁
마운드로 향했다.

Chapter 2

100MILE

투수와 다르게 타자에게는 한 방이라는 게 있다.

투수는 지속성을 지니고 있어야 하지만 타자의 경우에는 연거푸 삼진을 당하더라도 결정적인 순간에 제대로 한 방 터뜨려 주면 이전까지의 무기력했던 모습을 깨끗하게 털어 낼 수가 있게 된다.

따— 악!

때론 소리만으로도 홈런임을 알게 해준다.

지금이 그랬다.

"넘어갔다!"

"휘유~ 오늘 벌써 두 개째네!"

"오늘은 완전히 미치는 날이네!"

무덤덤하게 베이스 런닝을 하는 타자.

방금 홈런을 쳤고, 앞선 타석에서도 홈런을 치면서 2연타석 홈런이라는 최상의 컨디션을 자랑하는 타자임에도 그의 얼굴에는 웃음기 하나 없었다.

"아까도 그러더니 지금도 웃지를 않네. 그만큼 자존심에 타격이 크다는 거겠지?"

형수의 물음에 나는 말없이 고개만 끄덕이며 연타석 홈런을 날리고도 웃지 않는 미치 네이를 가만히 바라보기만 했다.

"지난 두 경기에서 아무리 삼진만 여섯 번 당하고, 팀에서 유일하게 무안타 기록을 남겼다 하더라도 오늘 같은 팽팽한 투수전에서 득점을 혼자서 독식하고 있는데 얼굴 좀 펴면 안 되나. 주변 분위기 식어 버리게 너무 분위기 잡고 있네."

곁에서 투덜거리는 형수와 다르게 나는 미치 네이의 심정을 충분히 이해했다.

'아직 5월인데 벌써부터 트레이드 이야기가 나오고 있으니 마음이 편할 리가 없겠지.'

단순히 지난 두 경기에서 팀 내 타자들 가운데 유일하게 안타를 치지 못했다고 저러는 게 아니다.

맥브라이드 단장과 게레로 감독이 암암리에 미치 네이의 트레이드를 결정지었기 때문이다.

문제는 트레이드가 될 팀이다.

'시카고 화이트삭스.'

현재 아메리칸리그 중부 지구에서 최하위를 달리고 있는 시카고 화이트삭스로 트레이드될 가능성이 가장 크다고 했다.

우선적으로 미치 네이의 부족한 수비력이 문제가 되기에 지명타자 제도가 없는 내셔널리그의 팀으로의 트레이드는 힘들었다.

평균 2,400만 달러의 고액 연봉자인 미치 네이를 쓰기 보단 적당한 수준의 1루수를 쓰는 것이 훨씬 효율적이었으니까.

'아메리칸리그에서도 지명타자에게 2,400만 달러를 쓰기는 어렵겠지만.'

지명타자를 두고 사람들은 흔하게 반쪽짜리 타자라고 부른다.

배트는 잘 휘두르는데 수비로는 쓸모가 없으니 반쪽짜리일 수밖에 없다.

그런 지명타자에게 연봉으로 2,400만 달러를 준다?

불가능한 일이다.

아니, 있을 수 없는 일이다.

결국은 연봉 보조 조건이 삽입되어야만 미치 네이를 트레이드 카드로 써먹을 수 있다.

자신이 7월에 있을 트레이드에서 팀을 떠날 수도 있다는 소리를 들었을 미치 네이로서는 아무리 홈런을 친다 하더라도 기분이 좋을 리가 없다.

더욱이 수비에 대한 고집이 있는 미치 네이에게 지명타자의 역할만 수행할 수 있는 아메리칸리그로 간다는 건 충격적인 소식일 거다.

"트레이드는 굉장히 중요한 문제 아닙니까? 보통 단장들끼리 긴박하게 시간을 다투며 이리저리 재면서 성사가 되는 걸로 알고 있는데, 대표님께서는 어떻게 이렇게 자세히 알고 계신 겁니까?"

"물론 트레이드는 무척 비밀스럽고도 긴박하게 이뤄지는 게 사실입니다. 하지만 이따금씩은 노골적으로 이뤄지는 경우도 있습니다. 그리고 구단 내부적으로도 이미 미치 네이가 트레이드 카드로 사용될 거라는 소문은 있질 않습니까?"

"그런 말이 있기는 하지만 워낙 조심스러운 일이질 않습니까."

"그렇죠. 실질적으로 트레이드는 단장들을 제외하면 거의 모르는 일급비밀처럼 이용되니까요. 저번에 제가 시카고 화이트 삭스에서 유망주 한 명과 운 좋게 계약을 했다는 말을 하지 않았습니까? 이번에 그 유망주가 텍사스로 트레이드되기로 잠정적으로 결론이 났다고 하기에 무슨 일인가 싶어 자세히 알아보다 알게 됐습니다. 그렇지만 트레이드는 어디까지나 현실적으로 성사돼야 결론이 났다 할 수 있으니 7월에야 확실하게 알 수 있을 겁니다."

황병익 대표의 말대로 트레이드는 단장들끼리 확실하게 사인을 해야 결정 나는 일이다.

트레이드만큼이나 온갖 추측과 소문이 무성한 일도 없었다.

목표 선수를 영입하기 위해 온갖 잡음을 만들어 내고, 떡밥을 던지고, 상대를 자극하는 등 이런저런 수를 모두 동원하는 일이 트레이드다.

그럼에도 불구하고 성사 직전에 엎어지는 경우가 허다했으니, 실제로 트레이드를 당한 선수가 클럽 하우스에서 자신의 짐을 빼가기 전까지는 어느 누구도 확신할 수 없는 일이다.

내가 메이저리그에 진출하고, 누구보다 성공적으로 활약

을 하기 시작하니 덩달아 황병익 대표도 바빠졌다.

특히, YJ에이전시의 경우 중학교 3학년 때부터 나를 집중적으로 관리했다는 사실이 알려지면서 국내는 물론 미국에서도 꽤나 유능한 이미지를 심어 둔 상태였다.

황병익 대표는 에이전시의 이미지를 최대한 이용하며 장래성이 좋아 보인다 싶은 유망주들을 중점적으로 계약을 체결하고 다녔는데, 불과 몇 개월 동안 미국에서만 4명이나 되는 유망주들과 계약을 체결했다.

다만, 특이한 건 계약을 성사시킨 유망주들이 모두다 투수라는 점이다.

오죽했으면 투수 전문 에이전시가 될 것 같다며 너스레를 떨었던 황병익 대표였다.

"멋진 홈런이었어."

게레로 감독이 더그아웃으로 들어오는 미치 네이를 향해 엄지손가락을 추켜세웠지만, 당사자는 아무런 대꾸도 없이 지나쳐 버렸다.

자신의 칭찬을 무시해 버렸음에도 게레로 감독은 기분 나쁜 표정을 짓지 않았다.

더 쉽게 말하면 미치 네이의 태도에 상관하지 않겠다는 의미였다.

'트레이드가 되지 않는다 하더라도 문제겠네.'

게레로 감독과 미치 네이의 관계는 이미 심각하게 균열이 갔다고 봐도 좋았다.

미치 네이에게 두 번씩이나 홈런을 맞았음에도 불구하고 훌리오 유리아스는 자신만의 투구를 이어나갔다.

빌 맥카티와 웨인 스테인을 삼진으로 잡으면서 대기 타석에서 배트를 휘두르던 나를 다음 이닝 선두 타자로 만들어 버렸다.

헬멧과 배트를 내려두고 글러브와 모자를 챙겨서 6번째로 마운드에 올랐다.

5이닝 무실점.

무엇보다 강력한 텍사스 레인저스의 타자들을 상대로 단 한 명도 출루를 허용하지 않았다는 점이 가장 고무적인 일이었다.

'1회에 있었던 트라웃의 눈부신 호수비가 없었다면 나도 어떻게 됐을지 모르지.'

트라웃이 몸을 날려가며 타구를 잡지 않았다면, 분명 내가 지금까지 이렇게 완벽한 투구를 유지하고 있지는 못했을 거다.

'밥이라도 한 번 사야 되려나?'

내가 그런 생각을 하는 사이 텍사스 레인저스의 7번 타자 챈스 코엔이 타석에 들어섰다.

오늘 경기 첫 번째 탈삼진의 주인공이 바로 챈스 코엔이었다.

챈스 코엔과의 승부는 어렵지 않았다.

6구에서 87마일 체인지업을 무리하게 타격하는 바람에 투수 앞 땅볼이 나왔고, 차분하게 타구를 잡아 1루로 송구했다.

이어진 8번 타자 벤자민 조시 로페즈를 상대로는 5구 삼진으로 오늘 경기 6번째 탈삼진을 기록했다.

마지막 9번 타자인 투수 홀리오 유리아스는 파워 커브와 포심 패스트볼을 이용해서 삼진을 잡아내며 6이닝을 깔끔하게 마칠 수 있었다.

마운드에서 내려와 재빨리 글러브와 모자를 벗어두고는 배트와 헬멧을 챙겨 더그아웃 밖으로 나갔다.

6회 말, 선두 타자로 타석에 서야 했기에 방금 마운드에서 내려왔다고 여유를 부릴 시간이 없었다.

마운드 위에는 나와 마찬가지로 삼진을 당하고 재빨리 글러브와 모자를 챙겨 마운드에 오른 홀리오 유리아스가 서 있었다.

방금 투수와 타자로 대결을 벌였는데, 이제는 입장이 바뀌었다.

'타격은 정말 쉽지가 않아.'

투수로서의 성적과 기록은 양대 리그를 모두 통틀어 최고라 부르고 있었지만, 타석에서의 성적은 처참했다.

35타수 5안타 타율 0.143.

보직이 선발 투수니 어쩔 수 없다 하더라도 거우 1할대의 타율이라는 점이 무척이나 부끄럽게 느껴졌다.

오늘 경기에서도 여지없이 삼진을 당했으니 이제는 36타수 5안타가 되었다.

타율은 당연히 더 바닥을 찍었겠지.

그나마 위안이라면 1홈런 정도?

'이번에는 제발 살아서 나가자.'

굳게 다짐을 하고 타석에 들어섰다.

굳은 다짐이 민망할 정도로 눈 깜짝할 사이에 2스트라이크 노볼 상황이 되고 말았다.

안타는 바라지도 않고 살아서 나가자는 의욕 하나만 가지고 타석에 섰지만, 홀리오 유리아스는 투수인 나를 상대로 투구수를 줄이고, 체력을 비축하기 최적의 상대로 여겼는지 고민없이 스트라이크를 꽂아 버렸다.

'차라리 초구 스트라이크를 노리고 휘두를걸.'

이미 지나가 버린 후회에 아쉬워하며 다시 배트를 조여 쥐었다.

'이번에는 친다.'

스트라이크 존으로 들어오는 공에 대해서는 한 톨의 의심도 없이 배트를 휘두르겠다는 생각만 머릿속에 담았다.

와인드업을 하고 공을 던지는 홀리오 유리아스.

'온다.'

나를 너무 만만하게 본 것 같다.

아무리 투수라고 해도 그렇지 어떻게 3구까지도 한복판으로 패스트볼을 던질 수 있는 건지.

날아오는 공을 향해 배트를 힘껏 휘둘렀다.

'다, 당했다……'

부웅!

펑!

"스윙! 타자 아웃!"

패스트볼이 아니라 체인지업이었다.

꼴사납게 허공에 방망이질을 하고 더그아웃으로 돌아가니 동료 선수들이 웃는 얼굴로 수고했다며 어깨를 두드려 줬다.

"휴우."

"지혁아, 너 조만간 공포의 빵할 타자 되겠다. 흐흐흐!"

웃는 얼굴로 나를 놀려대는 형수에게 아무런 말도 못 하고 한숨만 푹 쉬고 말았다.

투수는 공만 잘 던지면 된다고 하지만 그래도 타율이 1할 밑으로 떨어진다는 건 자존심이 상하는 일이다.

무엇보다 상대 투수에게 대놓고 쉬어가는 타자라는 인식을 심어줄 것을 생각하면 더욱더 입안이 씁쓸했다.

나 역시 상대 투수들을 타자로 만날 때마다 가볍게 생각하긴 하지만 입장을 바꾸니 확실히 기분 좋은 일은 아니었다.

문제는 알면서도 현재의 타격 연습만으로는 성과가 나질 않는다는 사실이다.

생각해 보면 타자들은 하루에 수천 번씩 배트를 휘두르며 연습을 한다.

형수만 하더라도 타격으로 주전 자리를 꿰차겠다며 손바닥이 까지고 피가 흐를 정도로 배트를 휘둘러 댔었다.

지금까지도 형수는 하루에 꼬박꼬박 2천 번 이상 스윙 연습을 하고 있다.

여기에 추가적으로 팀 배팅과 실전 배팅까지 더하면 몇 번이나 배트를 휘두르는 건지 알 수도 없다.

그럼에도 불구하고 타율 3할을 못 찍고 있다.

그런데 하루에 한 시간가량 스윙 연습 하는 게 고작인 내가 3할을 치는 타자들처럼 안타를 뻥뻥 치길 원한다?

'도둑놈이지.'

그래도 도둑놈 소리 들더라도 2할만 넘어봤으면 하는 게

솔직한 내 심정이었다.

"타격이라……."

아무래도 타격 훈련 시간을 늘려야 할 것만 같았다.

*   *   *

6회 말, 다저스의 공격은 선두 타자인 내가 삼진으로 시작했지만, 후속 타자들이 각각 안타와 볼넷을 얻어내며 다시 한 번 득점 기회를 잡았다.

미치 네이에게 홈런 두 방을 허용한 것이 유일한 오점이었던 홀리오 유리아스였지만, 6회 말에는 안타와 볼넷을 허용함으로써 완벽하다 부를 피칭이 급격하게 흔들리기 시작했다.

1사 1, 2루 상황에서 타석에 들어선 코리 시거.

한때는 LA 다저스의 황금빛 미래를 함께 꿈꿨던 홀리오 유리아스를 상대로 코리 시거는 2루타를 터뜨리며 2타점을 올렸다.

2루 베이스 위에서 손을 번쩍 들며 세레모니를 하는 코리 시거의 모습에 홀리오 유리아스는 쓴웃음과 함께 감독의 지시로 마운드를 내려가야만 했다.

"실투 하나가 결국은 유리아스에게 가장 치명적인 실점

이 되고 말았군."

"투수가 원래 그렇죠."

"하긴."

99번 완벽하게 던져도 1번의 실투로 패배를 기록할 수 있는 포지션이 투수인 만큼 토렌스는 너 역시 조심하라는 듯 날 바라보고 있었다.

"그런데 지금까지 퍼펙트게임 중이라는 거 알고 있지?"

토렌스의 물음에 당연한 것 아니냐는 듯 고개를 끄덕였다.

"설마 퍼펙트를 할 생각이야?"

"그게 내 마음대로 되나요?"

"물론 투수가 제 마음대로 퍼펙트를 한다는 게 말이 안 되는 소리지만, 이상하게도 넌 좀 다르단 말이야. 척, 네가 퍼펙트를 하고자 마음을 먹으면 할 수 있게 느껴진다고나 할까? 하하하."

"그럴 리가요."

말이 되냐는 듯 대꾸하면서 나 역시 웃고 말았다.

그렇게 내가 토렌스와 웃는 사이 트라웃과 형수가 나란히 범타를 기록하며 6회 말이 끝났다.

"갔다 올게요."

내가 모자를 눌러쓰며 일어나자 토렌스가 내 손을 잡으

며 말했다.

"아무리 친구라고 하지만 시계 선물은 나한테만 줬으면 좋겠다. 그렇지 않아도 저 녀석이랑 타격에서 차이가 크게 나는데 퍼펙트게임 포수까지 해버리면 후반기에 내가 돌아와서도 여기 그대로 앉아 있을 것 같단 말이야."

"예?"

뜬금없어 하는 나를 웃는 얼굴로 바라보며 토렌스가 속삭이듯 말했다.

"세 번째로 받고 싶은 시계 모델도 이미 다 정해놨어."

토렌스의 엉뚱한 소리에 나는 피식 웃고는 더그아웃을 빠져나왔다.

포수 장비를 모두 착용한 상태에서 날 기다리고 있던 형수가 물었다.

"토렌스가 뭐라고 한 거야?"

"너랑 퍼펙트게임 하지 말라고 하던데?"

"뭐!"

크게 소리친 형수가 더그아웃 쪽으로 사납게 고개를 돌렸다.

그런 형수의 머리를 제자리로 돌려놓는 건 쉬웠다.

"시계 선물 받고 싶어?"

"당연하지!"

"한 번 해보자. 퍼펙트게임."

＊　　　＊　　　＊

"이러다가 정말 퍼펙트게임 하는 거 아냐?"

"그럴지도 모르지! 다른 누구도 아닌 우리 다저스의 에이스 척이잖아!"

"에이스? 하긴! 척이 오고 나서부터는 맥카프리에게 계속 에이스라고 부르기엔 좀 무리가 있지."

"맥카프리는 이제 완전히 끝났지! 그가 아직까지도 승리 가능성이 높은 선발 투수인 건 사실이지만, 척에 비하면 확실하게 승리를 하는 투수라고 부르기엔 좀 힘든 건 사실이니까!"

"지난 번에 있었던 텍사스 원정에서도 얼마나 무기력하게 강판을 당했어? 그때 난 똑똑히 알았다고. 우리 다저스의 에이스는 맥카프리가 아닌 척이라는 사실을!"

"하하하하! 맞아! 척이야말로 진정한 우리 다저스의 에이스라고 할 수 있지!"

"하지만 맥카프리가 지난 시간 동안 우리에게 얼마나 많은 기쁨을 줬었는지를 잊으면 안 돼."

"물론이지! 다만 이제 맥카프리의 시대가 지나고 척의 시대가 왔다는 것뿐이지!"

"흐음. 그 말에는 동의할 수밖에 없겠네."

주변 다저스 홈팬들의 대화를 듣는 안젤라 쉴즈의 얼굴엔 미소가 절로 그려졌다.

자신이 열렬하게 응원하는 선수를 다저스 홈팬들이 이토록 칭찬하니 기분이 좋지 않을 수가 없었다.

한 가지 아쉬운 점이라면 아주 오래전부터 응원을 해왔던 팀이 LA 다저스가 아닌 뉴욕 양키스라는 거였다.

뉴욕에서 태어나고 자란 안젤라 쉴즈에게 뉴욕 양키스는 자연스러운 홈팀일 수밖에 없었다.

그러나 이제는 차지혁 때문이라도 LA 다저스를 응원할 생각이었다.

더 정확하게 말한다면 차지혁이 뛰는 팀을 응원하기로 했다.

'척을 응원한다면 팀 정도야, 뭐.'

생각은 그렇게 하면서도 차지혁이 양키스의 마운드에서 지금처럼 멋진 피칭을 한다면 얼마나 행복할까 생각도 해보는 안젤라 쉴즈였다.

"저……"

안젤라 쉴즈는 곁에서 들려오는 작은 목소리가 들려오는 곳을 바라봤다.

귀엽게 생긴 여자아이가 자신을 바라보고 있었다.

"날 부른 거니?"

"안젤라 쉴즈 맞나요?"

"그건 왜 묻는 거니?"

"정말 안젤라 쉴즈가 맞나요?"

"글쎄."

살짝 미소를 지으며 대답하는 안젤라 쉴즈의 모습에 여자아이는 자신의 생각이 맞았다는 사실이 좋은지, 아니면 실제로 안젤라 쉴즈가 눈앞에 앉아 있다는 사실이 좋은지 두 눈을 동그랗게 뜨며 흥분한 기색을 감추지 못했다.

"팬이에요! 나도 안젤라처럼 예쁜 모델이 되는 게 꿈이거든요!"

여자아이의 흥분한 목소리에 안젤라 쉴즈는 기분 좋게 웃었다.

과거 자신도 저랬던 때가 있었다는 걸 기억하니 여자아이의 마음이 충분히 이해가 갔다.

"사인해 줄까?"

"네!"

대답은 했지만, 마땅히 사인을 받을 종이가 없다는 사실에 여자아이의 표정이 난감함으로 바뀌었다.

어디에 사인을 받아야 하나 발을 동동 구르는 여자아이

의 모습을 지켜보던 안젤라 쉴즈가 선글라스를 살짝 들어 올리며 물었다.

"혹시 척의 사인이니?"

안젤라 쉴즈의 눈에 들어온 건 여자아이가 입고 있는 차 지혁의 유니폼과 등번호가 마킹되어 있는 등에 큼지막하게 그려져 있는 사인이었다.

"네! 저번에 세인트루이스와의 홈경기에서 척에게 사인 받을 수 있었어요."

자랑스럽게 대답하는 여자아이의 모습에 안젤라 쉴즈가 가만히 차지혁의 사인을 바라보다 말했다.

"괜찮다면 척의 사인 밑에 내 사인을 해줘도 될까?"

"여기에요?"

"그래."

안젤라 쉴즈의 제안에 여자아이가 살짝 고민하는 듯한 모습을 보였다.

"아끼는 옷이라 싫은 거니?"

"아끼는 옷이기는 한데……."

친구들에게 가장 큰 자랑거리인 차지혁의 유니폼이었고, 친필 사인이었다.

특히, LA 다저스를 좋아하고 야구를 즐겨보는 친구들 사 이에서는 최고의 인기 아이템이었다. 오죽했으면 돈을 줄 테니까 팔면 안되겠냐는 제안을 몇 번이나 들었을 정도로 여자아이에게는 소중한 유니폼이었다.

안젤라 쉴즈가 동경하는 모델이라고 하지만 차지혁의 유니폼에 사인을 받는 다는 게 반가운 일은 아니었다.

"척의 사인 밑에 내 사인이 들어가도 꽤 멋질 것 같은데? 그리고 사진첩도 없는 상황에서 아무 곳에나 사인을 해준 다고 한들 그게 무슨 의미가 있을까 싶은데?"

안젤라 쉴즈의 말에 여자아이가 살짝 갈등하는 모습을 보이다가 이내 고개를 끄덕였다.

야구 선수의 유니폼에 야구 선수가 아닌 모델의 사인이 들어가는 게 마음에 걸리기는 했지만, 자신이 가장 좋아하 는 모델의 사인이니 우선은 받아두는 게 나을 것 같았다.

'만약 이상하거나 어울리지 않으면 어쩔 수 없지.'

상황에 따라서는 다음에 다시 한 번 차지혁에게 사인을 해달라고 하자고 마음을 먹었다.

"펜은 내가 가진 걸 쓸게."

안젤라 쉴즈가 자신의 펜을 꺼내 들 때 여자아이의 눈이 그녀의 가방 속에 멋진 포즈가 담긴 사인지가 들어 있음을 확인했다.

당장에라도 사인지에 사인을 해주면 안 되냐고 말을 하 고 싶었지만, 이미 안젤라 쉴즈는 여자아이의 몸을 뒤로 돌리며 등 뒤에 사인을 하기 시작했다.

'이, 이게 아닌데!'

등 뒤를 간질거리는 느낌에 여자아이의 표정이 후회로 물들었다.

"됐다!"

안젤라 쉴즈는 사인을 모두 끝내고 상당히 만족스럽게 자신의 결과물을 확인했다.

"역시 내 예상대로 상당히 멋진걸?"

"그런가요?"

이미 마음이 상해 버린 여자아이였지만, 이미 지나가 버린 일. 어쩔 수 없다는 듯 유니폼을 벗어 확인을 했다.

큼지막한 차지혁의 사인 밑에 적당한 크기의 안젤라 쉴즈의 사인은 꽤나 잘 어울렸다.

텁텁한 모래라도 씹은 것 같았던 여자아이의 표정이 환하게 밝아졌다.

"정말 예쁘네요!"

"그렇지? 잘 간직해 줘. 그리고 웬만하면 입고 다니는 것보다는 집에 잘 장식을 해두는 게 어떨까 싶은데? 괜히 술이라도 묻으면 엉망이 되지 않겠어?"

안젤라 쉴즈는 말과 함께 주변을 가리켰다.

너 나 할 것 없이 대부분의 성인들은 커다란 일회용 맥주

잔을 들고 있었다.

"나도 척의 열렬한 광팬이거든. 그러니까 소중하게 받은 사인이 흉하게 변하는 걸 보고 싶지가 않네."

비밀이라는 듯 조심스럽게 말을 하는 안젤라 쉴즈였지만, 여자아이는 풉 웃으며 대꾸했다.

"안젤라가 척의 광팬이라는 사실은 아마 여기 있는 팬들이라면 다 알고 있을걸요? 안젤라의 목소리가 그렇게 큰 줄은 몰랐거든요."

"그랬니?"

"그리고 저쪽에서는 파파라치들이 계속해서 안젤라와 척의 사진을 찍고 있었다고요."

여자아이의 말에 안젤라 쉴즈가 어쩌겠냐는 듯 어깨를 으쓱거렸다.

"항상 있는 일이잖아. 저들도 저렇게 해야 돈을 버는데 어쩌겠어?"

"안젤라는 척을 알고 있나요?"

"조금은?"

"혹시 척을 좋아하나요?"

"아마도?"

"세상에!"

"그러니까 그 유니폼 잘 간직해 줘. 혹시 알아? 나중에 굉장히 기념적인 유니폼이 될 수도 있을지."

안젤라 쉴즈의 대답에 여자아이는 과연 그런 일이 벌어질까 싶었다.

"척~! 파이팅!"

벌떡 일어나서 힘차게 차지혁을 응원하는 안젤라 쉴즈의 모습에 여자아이는 한 가지만큼은 확신했다.

"스캔들은 확실하게 터지겠네요."

여자아이의 말처럼 멀지 않은 곳에서 안젤라 쉴즈를 찍어대는 파파라치의 카메라는 쉴 틈이 없었다.

$$* \qquad * \qquad *$$

토렌스는 내가 마음만 먹으면 할 수 있을 것 같다고 말했지만, 몇 번을 다시 생각을 해봐도, 아니, 생각할 필요도 없이 퍼펙트게임이라는 건 투수 혼자서 만들어 낼 수 없는 일이었다.

―아아~!

홈팬들의 탄식이 그라운드를 뒤덮었다.

불규칙 바운드.

야수에게 있어서 이것보다 큰 재앙은 없다.

단순히 불규칙으로 튀어 오른 공을 잡지 못하는 것만이

전부가 아니다.

자칫 야수에게 커다란 부상을 안겨줄 수도 있는 폭탄이 바로 불규칙 바운드다.

8회 초, 텍사스 레인저스의 선두 타자인 4번 에릭 오웨인은 몸 쪽으로 파고 들어가는 컷 패스트볼을 있는 힘껏 끌어당겼다.

배트에 빗맞으면서 3루 방면으로 낮고 빠르게 날아간 타구가 수비를 하고 있던 코리 시거의 앞에서 불규칙으로 튀어 오르면서 아슬아슬하게 그의 얼굴을 스치고 지나가 버렸다.

글러브를 들어 타구를 잡기보다는 본능적으로 고개부터 돌려야 했을 정도로 위험천만한 순간이었다.

"젠장!"

불규칙 바운드로 안타가 만들어지자 가장 먼저 형수가 마스크를 바닥에 패대기치며 욕설을 내뱉었다.

과격한 형수의 행동에 주심이 사납게 노려보자 형수가 재빨리 마스크를 집어 들었다.

주심도 딱히 더 이상 말을 하지는 않았다.

퍼펙트게임 중이었고, 불운하게도 불규칙 바운드가 나오며 안타를 내주고 말았으니 형수의 심정을 충분히 이해할 수 있었기 때문이다.

퍼펙트가 깨져 버리자 재빨리 더그아웃에서 투수 코치가 마운드로 올라왔다.

"괜찮나?"

"괜찮습니다."

퍼펙트가 날아가 버렸다는 점이 걱정된 듯 마운드에 올라온 투수 코치였다.

"미안하다."

코리 시거가 내게 사과를 했다.

"아닙니다. 불규칙 바운드였으니 시거가 내게 사과할 필요는 없죠."

내 말에 코리 시거는 고개를 끄덕이면서도 얼굴 한구석에 찜찜한 기색을 지우지 못했다.

"시간 좀 끌어 줄까?"

투수 코치의 물음에 나는 아니라는 듯 고개를 저었다.

퍼펙트게임이 날아가 버리긴 했지만 아무런 문제도 없었다.

괜히 시간만 끌어서 아쉬움을 되새기기 보단 경기를 속개해서 빨리 이닝을 마치는 일이 내겐 더 중요했다.

수고하라는 말과 함께 투수 코치와 내야수들이 마운드를 내려가자 홀로 버티고 서 있던 형수가 분해 죽겠다는 표정으로 날 바라봤다.

"빌어먹을! 하필이면 거기서 엿 같은 불규칙이 나오냐! 젠장!"

"아직 너한테 시계 선물을 할 때가 아니라는 건가 보다."

"젠장! 웃음이 나오냐?"

"어쩌겠어? 이미 깨져 버린 퍼펙트인데. 시간을 다시 되돌릴 수도 없는 문제고. 앞으로 우리에게는 무수히 많은 시간과 경기가 남아 있잖아. 얼마나 많은 퍼펙트게임을 할 수 있을지도 모르는데 이미 지나가 버린 일을 후회해서 뭐해? 진정하고 남은 이닝이나 잘 마무리하자."

내 말에 형수가 크게 숨을 토해내며 고개를 끄덕였다.

"그래야지. 그나저나 너 참… 변한 것 같다."

"그래?"

"솔직히 약간은 승부에 집착하는 성격이었잖아? 그런데 지금은 여유가 보인다. 이미 최고라 이거냐?"

"헛소리 그만하고 얼른 가라. 주심이 너 째려본다."

"알았다. 망할 퍼펙트는 깨졌지만 완봉은 반드시 가자."

형수가 마운드를 내려가고 경기가 계속됐다.

에릭 오웨인에게 불운의 안타를 맞기는 했지만 이후 후속 타자들을 범타 처리하면서 8이닝을 마칠 수 있었다.

이어진 8회 말, 4점 차의 리드 속에서 타석에 들어선 형수는 퍼펙트게임을 날려 버린 것에 대한 분노의 홈런을 때리며 스스로를 위안했다. 물론, 그 이전까지 2개의 삼진과 내야 땅볼로 무기력한 모습을 보였던 것에 대한 감독과 팬들의 실망도 한꺼번에 날려 버렸다.

"저 자식은 그냥 1루로 가면 안 되나?"

홈런을 치고 손을 번쩍 들며 베이스를 도는 형수를 바라보며 토렌스가 옆에서 작게 속삭였다.

"포수가 아니면 은퇴하겠다는데 어쩌겠어요?"

"미친놈!"

토렌스가 진심으로 질렸다는 듯 얼굴을 찌푸렸다.

형수의 솔로 홈런으로 1점을 더 달아난 다저스의 8회 말 공격이 끝나고 마지막 9회가 시작됐다.

8번과 투수를 대신해서 대타로 나온 9번 타자까지 삼진 하나와 외야 뜬공으로 막아내고 오늘 경기 최후의 타자일 수도 있는 텍사스 레인저스의 1번 오자이노 알비스와 대결을 시작했다.

퍼— 어엉!

"스트라이크!"

98마일의 빠른 포심 패스트볼에 오자이노 알비스가 고개를 절레절레 흔들었고, 홈팬들은 열광적으로 박수를 쳤다.

나는 아직도 체력에 문제가 없다는 무력시위로 초구를

넣어두고 파워 커브와 체인지업을 적절하게 섞어 던졌다.

부웅!

"스윙! 타자 아웃!"

오자이노 알비스의 헛스윙 삼진으로 경기가 끝나고 형수가 마운드로 뛰어왔다.

"지혁아! 완봉승 축하한다!"

나를 끌어안으며 형수가 축하를 해주었고, 나 역시 형수에게 수고했다고 말했다.

"괴물 같은 놈! 벌써 몇 번째 완봉이냐?"

"아마도 여섯 번째일걸?"

"미친놈! 넌 정말 미친놈이야! 전반기가 끝나지도 않았는데 여섯 번이나 완봉승을 해내다니! 에라이! 너 혼자 다 해먹어라!"

형수의 말에 나는 웃고 말았다.

내가 생각해 봐도 좀 너무하다 싶을 정도의 성적이기는 했다.

13게임에 선발로 등판해서 11승을 거뒀고, 그중 6번이나 완봉승을 따냈으며, 퍼펙트게임도 2번이나 했다.

언론에서는 후반기 성적 따윈 의미가 없을 정도로 신인왕이 확실하다 떠들었고, 일부 언론에서는 MVP까지도 내심 가능하지 않겠냐고 할 정도의 예측을 하고 있었다.

언론에서 뭐라고 평가를 해도 난 이제 메이저리그에 발을 내딛은 데뷔 신인이다.

나는 그 누구도 가지 못했던 가장 위대한 투수의 길을 향해 고작 한 걸음 내딛었을 뿐이다.

"가봐라! 너랑 인터뷰 하려고 목이 빠지게 기다리고 있다."

형수가 내 어깨를 툭 쳤다.

Chapter 3

《5전 5승! LA 다저스 차지혁! NL 5월의 선수상 수상!》

《11승 무패! 승률 100%의 선발 투수 차지혁!》

《전반기 15승 선발 투수, 등장하는가?》

《LA 다저스 선발 투수 차지혁의 무패는 언제까지?》

《신인 투수 20승의 역사는?》

　메이저리그에서 데뷔 첫해 신인 투수로서 20승의 고지를 밟은 이들은 158년 역사를 자랑하는 메이저리그에서도 고작 11명뿐이다.

최초의 기록자는 제이크 와이머(시카고 컵스)로 1903년 20승(8패)을 달성했으며, 가장 마지막으로 데뷔 시즌 루키 20승을 달성한 투수는 톰 브라우닝(신시내티 레즈)으로 1984년 데뷔와 동시에 20승(9패)을 올렸다. 만약, 올 시즌 차지혁(LA 다저스)이 20승의 고지를 넘어 선다면 무려 41년만의 대기록이 달성되는 셈이다.

루키 시즌 20승의 고지를 달성한 투수들 가운데 가장 많은 승수를 기록한 투수는 래리 체니(시카고 컵스)다. 1912년 시카고 컵스의 신인 투수 래리 체니는 26살의 나이로 26승 10패를 기록하며 그해 내셔널리그 공동 다승왕에 올랐다. 하지만 당시 래리 체니의 경우 지금과는 비교를 할 수도 없는 많은 게임 수(42게임)와 이닝(303.1)을 소화했기에 가능한 승리였다. 지금의 경우 5선발 로테이션으로 등판을 할 경우 32게임이 최고 수준이다. 42게임을 출전했던 래리 체니와는 무려 10게임의 차이가 나는 셈이다.

그럼에도 불구하고 많은 전문가들은 차지혁에게 또 하나의 대단한 기록을 기대하고 있다.

6월 한 달 동안 차지혁에게 남은 선발 등판 기회는 3일 시카고 컵스와의 경기를 시작으로 6경기가 배정되어 있으며, 7월 IBAF 챔피언스 리그와 올스타전이 끝나고 30일 LA 에인절스와의 경기를 시작으로 후반기 12경기가 배정되어 있다. 즉, 올 시즌 차지혁에게 남은 선발 등판 기회는 18경기이니 이 중 16 승을 거둔다면 올 시즌 차지혁은 27승으로 메이저리그 역대 신 인 최다승 보유자가 될 수 있다.

18경기 중 16승을 올린다는 것이 불가능에 가까운 일이지 만, 3, 4, 5월 3개월 동안 차지혁은 13경기에서 11승을 거두었 으니 그에게는 마냥 불가능한 기록만은 아닌 셈이다. 과연 차 지혁은 메이저리그의 역사에 새로운 초대형 기록을 세울 것인 지……

3월 달에 받았던 내셔널리그 이달의 선수상을 5월 달에 도 받았다.

나름 좋은 성적을 거두고도 상을 받지 못했던 4월 달과 다르게 5월 달에는 이렇다 할 경쟁자가 없었기에 어렵지 않 게 수상을 할 수 있었다.

무엇보다 현재 많은 언론들은 루키 시즌 20승에 대한 기 대감으로 한창 달아올라 있었다.

"2014년하고 비교를 많이 하는데?"

형수의 말대로 대다수의 기자와 전문가들이 2014년도를 들먹였다.

"비슷한 사례로 들기에 적합하니까 그렇겠지."

"비슷하기는! 내가 보기엔 네가 훨씬 우위에 있는데!"

용수철처럼 튀어 오르는 형수의 반응이었다.

2014년은 28년 만에 루키 시즌 20승을 올릴 것이라는 엄청난 기대를 한 몸에 받았던 뉴욕 양키스의 선발 투수 다나카 마사히로가 활약했던 시즌이다.

다나카 마사히로는 2014년 6월 18일 토론토 블루제이스를 상대로 11승(1패)을 거두면서 다승과 평균자책점에서 아메리칸리그 1위에 오르며 데뷔 시즌을 뜨겁게 달궜다.

확실히 나와 비교해도 크게 차이가 나지 않는 엄청난 루키 시즌을 보내고 있었던 셈이다.

하지만 7월 초 어깨 부상을 당하면서 결국 루키 시즌이 끝나고 말았다.

최종 성적은 13승 5패.

부상을 당하기 전까지 12승을 거뒀으니 실질적으로 다나카 마사히로의 시즌 성적은 전반기 성적이라고 봐도 과언은 아니었다.

그래서인지 무수히 많은 사람들은 나를 통해 다나카 마사히로를 기억해 냈고, 똑같은 비극이 일어나지 않기를 바란다는 식으로 말들을 많이 하고 있었다.

"넌 절대 부상당하지 마라. 당당하게 41년 만에 루키 시즌 20승을 달성해 버려!"

20승에 대한 욕심이 없는 건 아니지만, 가장 중요한 건 역시 부상이다.

20승을 거두고 부상을 당하느니, 차라리 부상을 당하지 않고 20승을 올리지 못하는 쪽이 더 나았다.

물론, 가장 좋은 건 역시 부상도 당하지 않고 20승도 올리는 일이겠지만.

문제는 승패가 선발 투수 마음대로 되는 게 아니라는 점이다.

아무리 잘 던져도 승리하지 못하고, 아무리 못 던져도 패배하지 않는 경기가 나올 수 있는 유일한 보직이 바로 선발 투수였으니까.

'오죽하면 불운의 아이콘이라는 말이 다 있겠어.'

잘 던지고도 승리를 얻지 못하는 선발 투수들을 일컬어 사람들은 불운의 아이콘이라고 부른다.

당사자는 미칠 노릇이지만 어쩌겠는가?

그저 불운의 아이콘이 되지 않길 간절히 바라는 수밖에 없다.

가능하다면 팀 동료들, 특히 타자들에게 보양식이라도 사주면서 안타나 홈런을 뻥뻥 때리도록 힘을 북돋아 주면 더 좋겠지.

'언제 한 번 날을 잡을까?'

솔직히 나 역시 잘 던지고도 승리를 거두지 못하는 건 절대 사양이었다.

집으로 초대를 할까?

실행 가능성도 없는 어처구니없는 생각을 하고 있을 때였다.

"지혁아! 너 스캔들 터졌다!"

형수가 깜짝 놀라서 외쳤고, 나 역시 무슨 소리인가 싶어 태블릿 화면을 바라봤다.

"안젤라 쉴즈?"

"어제 경기장에 왔었던 여자 맞지?"

형수의 물음을 무시하며 사진을 바라봤다.

텍사스 레인저스와의 다저 스타디움 홈경기에 응원을 왔던 안젤라 쉴즈의 모습과 그런 그녀를 바라보고 있는 내 모습이 카메라에 찍혀 있었다.

나와 안젤라 쉴즈가 연인 관계일 거라는 추측성 기사였다.

기사는 제법 집요하게도 안젤라 쉴즈가 랜디 존슨과 처음으로 다저 스타디움을 찾았을 때까지도 거론하고 있었다.

"어떻게 된 거야? 혹시 저번에 전화 통화를 했던 여자가 안젤라 쉴즈인 거야?"

형수의 물음에 고민하다 핸드폰으로 안젤라 쉴즈에게 문

자를 보내려고 할 때였다.

혹시 봤는지 모르겠지만, 척과 나 사이에 스캔들이 터졌네요.

예상은 했지만, 막상 기사가 나오니 척에게 너무 미안하네요.

척에게는 절대로 피해가 가지 않도록 제가 알아서 책임지고

해명을 하도록 할게요.

다시 한 번 미안해요.

안젤라 쉴즈의 문자에서 느껴지는 미안함에 나도 모르게
깊은 한숨이 흘러나왔다.

"후우우우."

소파에 앉아서 한숨을 쉬던 내게 형수가 제법 진지한 얼
굴로 말했다.

"너 그 여자 좋아하는 거냐?"

"무슨 소리야. 나 지금 머릿속이 좀 복잡하니까 혼자 생
각 좀 하게 둬라."

"그래서 이상하다는 거야."

"뭐?"

내가 형수를 바라보자 녀석이 가볍게 피식 웃었다.

"내가 널 모르냐? 차지혁이 스캔들 기사 하나 떴다고 한
숨을 쉬면서 고민을 해? 적어도 내가 알고 있는 차지혁이라

는 인간은 스캔들 기사 하나에 한숨을 쉬면서까지 고민을
하는 놈은 아니다. 이런 기사에 눈도 하나 깜빡이지 않으면
서 신경조차 쓰지 않을 인간이라고. 안 그래?"

"……."

"네가 이렇게까지 신경을 쓴다는 건 두 가지 이유 중 하
나겠지. 정말 스캔들이 터질 정도로 연인 사이거나, 네가
그 여자를 좋아하거나. 어느 쪽이야?"

형수의 말에 나는 뭐라고 변명조차 할 수가 없었다.

그리고 그 순간 내 마음을 확실하게 깨달았다.

"전화를 해야겠어."

안젤라 쉴즈에게 내 마음을 확실하게 전해야 한다고 생
각했다.

*   *   *

안젤라 쉴즈와의 스캔들 기사는 좀처럼 가라앉질 않았
다.

내가 워낙 유명한 야구 선수인 것도 한몫을 했지만, 모델
로서 안젤라 쉴즈의 인기도 무시할 수 없었다.

덤으로 안젤라 쉴즈의 아름다운 외모가 좀처럼 사람들의
관심 밖으로 밀려나지 않으면서 그녀에 대한 사람들의 궁

금증과 호기심이 증폭되어 가고 있었다.

문제는 그런 호기심들이 다시 스캔들로 전환이 되면서 끊임없는 추측과 소문들을 양산해 내고 있다는 점이다.

그야말로 악순환의 연속이었다.

"정말 이대로 아무런 해명 기사도 내놓지 않을 생각입니까?"

황병익 대표의 물음에 나는 그를 바라보며 대답했다.

"아직까지는 생각을 정리할 시간이 더 필요합니다."

"이미지에 타격이 큽니다."

메이저리그에 갓 데뷔를 한 신인 투수의 스캔들 기사는 확실히 이미지에 엄청난 타격을 줬다.

나를 깎아내리려고 눈에 불을 켜고 있던 일부 언론들은 벌써부터 성적 하락이 예상된다며 신이 나서 기사를 쏟아냈고, 한편에서는 야구 실력보다 연애 실력이 더 뛰어나다며 비꼬기까지 했다.

무엇보다 씁쓸한 사실은 미국보다 한국의 반응이었다.

미국의 메이저리그 팬들은 대체적으로 개인의 사생활이고 성적 하락 등의 뚜렷한 자료가 없기에 지켜보자는 식이었지만, 한국의 야구팬들은 어린놈이 야구 좀 한다고 연애질이냐며 부정적인 시각으로 보는 경향이 더 많았다.

물론 미국에서도 부정적으로 욕설까지 섞어가며 신랄하

게 비난하는 팬들도 있고, 한국에서도 옹호하는 팬들이 있었지만 전체적인 반응은 앞서 말한 것처럼 미국보다는 한국 쪽이 훨씬 더 부정적이라는 사실이었다.

"차지혁 선수의 경우에는 광고 계약이 걸려 있는 것도 아니고, 구단에서도 크게 신경 쓰지 않는 부분이니까 괜찮습니다만… 개인적으로 한국에서의 이미지가 나날이 실추하고 있는 걸 생각하면 빠른 시간 내에 어떤 식으로든 입장 정리를 확실하게 해둘 필요가 있다고 봅니다."

"부러워서 떠들어대는 놈들 말을 그렇게 무서워할 필요가 있습니까?"

형수가 못마땅하다는 듯 그렇게 황병익 대표에게 말했다.

"무서워하는 게 아닙니다. 괜한 추측성 기사를 양성할 필요가 없다는 겁니다. 또한, 지금까지 무결점이라 해도 과언이 아닐 정도로 깨끗했던 차지혁 선수의 사생활이 어긋난 방향으로 더럽혀지는 부분들이 많기에 하루라도 빨리 입장 정리를 할 필요가 있다는 겁니다."

"만약 저와 안젤라 쉴즈의 관계가 어떤 식으로든 발전적인 관계라면 어떻게 되는 겁니까?"

내 물음에 황병익 대표가 가만히 날 바라보다 대답했다.

"약간은 귀찮은 소문과 일부 추측성 기사가 계속해서 차지혁 선수와 안젤라 쉴즈 양의 주변을 맴돌게 될 겁니다. 하지만 떳떳하게 두 사람의 관계를 밝히면 최소한 지금처럼 지저분한 추문은 상당 부분 사라질 겁니다. 무엇보다 에이전시 측에서 확실하게 법적 대응에 나설 수가 있게 됩니다."

말도 안 되는 헛소문들이 인터넷에서 떠돌고 있다는 걸 나 역시 잘 알고 있다.

대부분 대응할 가치도 없는 소문들이었지만, 에이전시 입장에서는 이미지를 실추시키는 소문들에 대해서는 강력하게 법적 조치를 해야 한다고 생각하고 있었다.

사실, 내가 가장 어이없었던 비난들은 연애와 성적 하락을 동일 선상에 두는 추측들이었다.

무엇보다 어린 나이에 벌써부터 연애질을 시작해서 야구 선수로서의 성장이 끝났네, 어쩌네 하는 글들을 볼 때면 도대체 연애와 야구가 무슨 상관관계가 있는지 따져 묻고 싶을 정도였다.

물론, 연애를 하면서 성적이 하락할 수도 있지만 그렇지 않을 가능성도 있는 거다.

이 세상의 모든 야구 선수들이 연애를 해서 성적이 하락한다면 메이저리그에는 노총각들만 모여서 야구를 해야 한다는 말 아닌가?

운동선수가 운동에 전념해야 좋은 성적을 유지한다는 것에는 인정하지만 그렇지 않은 경우도 많다.

가장 가까운 예로 LA 다저스의 에이스였던 클레이튼 커쇼만 하더라도 고등학교 때 아내를 만나 결혼까지 했다. 그 외에 스캔들 메이커로 유명한 뉴욕 양키스의 영원한 캡틴, 데릭 지터도 현역 시절 무수히 많은 여인들과 염문을 뿌렸지만, 마지막까지 뉴욕 양키스에서 모든 팬들의 박수를 받으며 화려하게 은퇴를 했다.

반대로 연애와 동시에 성적이 곤두박질을 치거나 서서히 하락한 선수도 많다는 걸 안다.

때문에 무조건적으로 비난부터 하는 이들을 제외한, 진심으로 날 생각해서 아직은 연애보다는 야구에 더 집중해야 할 때가 아니냐고 충고하는 팬들의 마음을 모르는 건 아니지만, 태어나서 처음으로 이성에게 호감을 느끼고 있는 내 감정에도 충실해지고 싶었다.

"최대한 빠른 시간 내에 입장 정리를 마치도록 하겠습니다."

당장 황병익 대표에게 해줄 수 있는 내가 할 수 있는 최선의 답변이었다.

"아직 연락은 없는 거야?"

형수가 조심스럽게 내게 물었다.

"아직."

"안젤라 쉴즈 입장에서도 쉽지 않은 문제니까 아무래도 여러 가지로 생각이 복잡한 걸 거다. 내가 볼 때 먼저 접근한 쪽도 그녀니까 분명 좋은 방향으로 결정을 내릴 거야. 그러니까 이럴 때는 남자인 네가 진득하게 기다려 줘."

형수의 말에 나는 고맙다는 듯 희미하게 웃었다.

시간은 계속 지났고, 어수선한 상황 속에서 6월 3일, 시카고 컵스와의 원정 경기가 시작됐다.

"괜찮은 거야?"

"…그냥 그래."

"얼굴은 영 아닌 것 같은데? 괜히 무리하지 말고 쉬는 게 어때? 게레로 감독도 계속해서 네 상태에 대해서 의문을 품고 있는 것 같던데."

형수의 말에 나는 아니라는 듯 고개를 저었다.

"던질 수 있으니까 걱정 마."

약간의 피곤함과 컨디션 하락이 몸 전체를 무겁게 만들고 있긴 했지만, 선발 등판을 하지 못할 정도는 아니었다.

'6이닝만. 그 정도만 막고 내려오자.'

오늘 몸 상태로 그 이상은 확실히 무리였다.

팀에 피해를 주지 않으면서도 선발 투수로서의 역할을

다했다고 할 수 있는 최소한의 기준점인 6이닝만 확실하게 막고 내려오자고 스스로에게 다짐을 했다.

"척! 얼굴이 평소보다 좋지 않은데? 컨디션이 안 좋은 거야?"

"척! 어디 아프기라도 해? 표정이 너무 어둡잖아?"

"무슨 고민이라도 있어?"

"기사 때문인 거야? 그딴 놈들 말은 신경 쓰지 말라고!"

여기저기서 동료들이 걱정스러워하며 말을 했다.

모두에게 괜찮다고 일일이 대답을 하고는 더그아웃에 앉아서 경기 시작을 기다렸다.

그렇게 경기 시작을 기다리고 있을 때였다.

경기장 전체가 웅성웅성 거리며, 환호성이 터져 나왔다.

동시에 1회 초 공격을 준비하던 동료들과 더그아웃에 앉아 있던 동료들까지도 모두 큰 목소리로 외쳤다.

"저거 뭐야?"

"와우!"

"이야~ 대단한데!"

"휘유~! 진짜 로맨틱하잖아!"

갑작스런 소리에 무슨 일인가 싶어서 숙이고 있던 고개를 들었다.

모두가 바라보고 있는 곳은 전광판의 대형 스크린이었다.

Would you like to have dinner with me?

I need you.

그녀가 새하얀 스케치북에 선명하게 쓰여 있는 글을 카메라를 향해 들고 있었다.

그녀의 모습을 보는 순간 나는 곧바로 더그아웃을 뛰어나와 그녀가 있는 관중석으로 달려갔다.

"안젤라!"

"이 정도면 내 대답으로 충분하겠죠?"

예쁘게 웃는 안젤라 쉴즈를 보는 순간 가슴이 터질 듯 뛰기 시작했다.

"충분해요!"

"부탁이 있어요. 오늘 경기 날 위해 던져 줄 수 있어요?"

안젤라 쉴즈의 말에 나는 고개를 끄덕이며 대답했다.

"물론이죠! 안젤라를 위해 최고의 공을 던질게요!"

*　　　*　　　*

"우와~ 지아야, 너희 오빠 저 모델이랑 이제 사귀는 거야?"

"저 언니 진짜 엄청 예쁘다."

"인터넷에서 보니까 안젤라 쉴즈라고 요즘 모델계에서 엄청나게 뜨고 있는 신인이라고 하던데?"

"헐리웃에서도 캐스팅할 정도로 영화계에서도 꽤 주목을 받고 있다고 하더라."

"맞아! 나 저번에 지에이치 3편에 캐스팅이 준비 중이라는 기사도 본 적 있어!"

"진짜? 지에이치 3편 나 엄청 기대하고 있는데! 그럼 지혁이 형이랑 사귀는 저 여자가 지에이치 3편에도 나오는 거야?"

"지에이치1, 2편에 나왔던 배우들은 전부다 엄청나게 인기 얻었잖아? 안젤라 쉴즈도 이제 영화에 나오기만 하면 모델계뿐만 아니라 영화계에서도 엄청나게 인기를 얻겠네?"

"지아, 넌 좋겠다! 오빠는 세계에서 가장 유명한 야구 선수고, 언니될 사람은 세계적인 모델이자 영화배우고."

주변의 소란스러움 속에서도 지아는 아무런 말도 하지 않았다.

LA 다저스와 시카고 컵스의 경기가 시작되었지만, 한국 중계진들은 계속해서 차지혁과 안젤라 쉴즈에 대한 이야기만 하고 있었다.

한편의 영화 같은 안젤라 쉴즈의 공개 프러포즈는 벌써

부터 인터넷을 초토화시켰다.

각종 포털 사이트의 실시간 검색어는 1위부터 차지혁, 안젤라 쉴즈, 프러포즈 등으로 도배가 되어 있었다.

속보처럼 짤막한 기사들이 줄지어 나오고 있었다.

차지혁의 스캔들에 관심조차 없던 사람들도 인터넷과 TV를 통해 자연스럽게 볼 수밖에 없었다.

지아는 경기 중간중간 쉬지 않고 보여주는 안젤라 쉴즈의 모습을 보며 많은 생각을 했다.

얼굴 하나는 정말 할 말이 나오지 않을 정도로 예뻤다.

같은 여자인 지아가 봐도 저게 사람인가 싶을 정도의 외모였다.

모델이라 늘씬한 키는 당연했고, 예상외로 굴곡진 몸매는 빼빼 마르기만 한 일반적인 모델들과는 격이 달랐다.

인터넷에서는 안젤라 쉴즈가 돈 때문에 차지혁을 노린다는 소문과 추측이 있었지만, 지아가 검색을 해본 결과 그건 아니었다.

세계적인 톱모델들의 경우 연간 벌어들이는 수익이 무지막지했으니까.

안젤라 쉴즈는 현재 뜨겁게 떠오르고 있는 신인이라 톱모델들과 비교할 수 없지만 그녀가 머지않아 톱모델의 반열에 올라설 거라는 것이 세간의 평가였기에 굳이 차지혁의 돈 때문에 자신의 이미지를 깎아 먹을 이유가 전혀 없었다.

거기에 전 세계적으로 가장 유명한 SF 영화인 '지에이치' 시리즈의 속편에 캐스팅이 될 거라는 기사가 있었으니 출연만 성사되면 돈에 구애받지 않는 삶을 얼마든지 살 수 있었다.

물론, 안젤라 쉴즈의 경우엔 현재 진행형인 차지혁과 다르게 모두 미래의 예측일 뿐이다.

그러나 지아가 보기에도 안젤라 쉴즈와 같은 모델이 성공하지 못한다는 건 극히 희박한 확률로밖에 보이질 않았다.

'여자가 자존심까지 버리고 먼저 저렇게 공개적으로 사귀자고 했을 정도면… 정말 오빠를 좋아하는 것 같기는 한데.'

직접 만나보지는 못했지만, 우선 첫 이미지는 나쁘지 않았다.

그리고 실제로 지아가 밤을 새가면서 안젤라 쉴즈에 대한 온갖 기사들을 모두 찾아봤지만 딱히 흠을 잡을 만큼 나쁜 소문이나 지저분한 스캔들 사건은 하나도 없었다.

오히려 같이 일을 했던 모델계 종사자들의 증언에 따르면 성격 좋고 인성 바른 사람이라는 칭찬 일색이었다.

무엇보다 어렸을 때부터 야구 자체를 좋아했던 메이저리그 그의 팬이라는 사실 또한 지아에게는 합격점을 주기에 충분했다.

야구밖에 모르고 살아온 자신의 오빠에게 어울리는 짝은 당연히 야구를 좋아하는 여자여야 한다고 항상 생각을 해왔었으니까.

'엄마랑 아빠는 지금 어떨까?'

스캔들 기사가 터졌을 때에도 별다른 반응을 보이지 않았던 부모님이었지만, 그건 어디까지나 야구만을 해온 오빠를 믿고 있었기 때문이다.

안젤라 쉴즈의 깜짝 프러포즈는 지아에게도 충격인데, 부모님은 몇 배는 더 심할 것 같았다.

'엄마는 싫어할 것 같기도 한데.'

외국 여자보다는 같은 한국 여자와 결혼해서 오빠의 뒷바라지를 해줬으면 하는 마음을 가지고 있는 엄마였기에 화려한 삶을 살고 있는 안젤라 쉴즈와 같은 외국 여자는 엄마에게 있어 자격 미달이나 다름없었다.

'하긴, 사귄다고 결혼하는 것도 아닌데 뭐.'

그저 사귀는 것뿐인데 자신이 너무 민감하게 반응하고 복잡하게 생각한 것 같다며 지아는 그제야 살짝 굳었던 표정을 풀었다.

삼진, 삼진, 삼진.

1회 말, 시카고 컵스의 타자들을 상대로 삼진 퍼레이드를 보여주는 차지혁의 모습에 지아의 입꼬리가 한쪽만 꿈틀거리며 올라갔다.

"여자 친구가 보고 있다 이거지?"

*　　　*　　　*

"경기 직전까지만 하더라도 표정이 영 좋지 않더니… 막상 경기가 시작되니 지혁이가 힘이 넘치는군."

웃는 얼굴로 흐뭇하게 TV를 바라보는 남편, 차경석의 모습에 최인혜가 못마땅하다는 듯 톡 쏘아붙였다.

"당신은 뭐가 그렇게 좋다고 연신 웃고 있는 거예요?"

"지혁이가 오늘 경기를 잘 하고 있으니까 당연히 좋지. 뭐, 다른 이유라도 있을까 봐?"

"내 눈에는 그렇게 보이네요."

"다른 이유 같은 건 없으니까 괜히 그러지 마."

"당신은 정말 외국 여자를 며느리로 받아들일 수 있어요?"

"앞서 가지 마. 지혁이 녀석이 당장 결혼을 하겠다는 것도 아닌데 뭘 그렇게 앞서가?"

"저러다가 덜컥 애라도 생기면……."

"거 참! 쓸데없는 소리 하기는. 젊은 남녀가 만나다가 헤어지는 일이 다반사고, 설령 깊은 관계라 하더라도 그걸 나랑 당신이 어떻게 관여해? 지혁이도 이제 다 큰 성인이야. 그렇게 지혁이를 못 믿어?"

"못 믿는 게 아니라……."

아들은 믿지만, 그 아들 곁에 달라붙은 여자는 쉽게 믿지 못하겠다는 말을 속으로 삼키는 최인혜였다.

"언제는 지혁이가 누구든 좀 사귀면서 연애도 하면 좋겠다고 해놓고 왜 막상 지혁이가 좋아하는 여자가 생기니까 눈에 쌍심지를 켜고 그러는 거야? 설마 당신도 아들 여자친구를 상대로 질투하는 거야?"

"누가 그렇대요. 난 그냥 지혁이가 괜히 엉뚱한 여자에게 걸려서 고생이라도 할까 싶어서 그러는 거지."

"황 대표도 그랬잖아, 괜찮은 여자라고. 그러니까 당신도 괜히 나서지 말고 그냥 말없이 지켜만 봐. 여기서 괜히 당신이나 내가 나서서 지혁이 연애사에 이러쿵저러쿵 말을 하기 시작하면 세상 사람들이 어떻게 생각하겠어?"

"그건 그렇지만."

"당신하고 나는 그저 지금까지 그랬던 것처럼 지혁이를 믿고 뒤에서 응원해 주기만 하면 되는 거야."

남편의 말에 최인혜도 그제야 자신이 너무 민감하게 반응했다고 생각했다.

메이저리그에서 활동을 할 때부터 이런 날이 올지도 모른다고 막연하게 생각을 하긴 했었지만, 실제로 외국 여자와 아들이 만난다고 생각하니 기분이 썩 좋지는 않았다.

"그렇게도 좋을까."

엄마의 마음과는 다르게 멋지게 투구를 마치고 마운드를 내려가며 안젤라 쉴즈를 향해 웃어주는 아들이 모습을 보고 있으니 최인혜로서는 허탈한 마음뿐이었다.

* * *

"이래서 사랑의 힘은 위대하다고 하는 건가?"

형수가 그렇게 말하며 나를 째려봤다.

"왜 그렇게 쳐다보는 거야?"

"경기 직전까지만 하더라도 컨디션도 별로고 얼굴도 푸석푸석하던 놈이 어떻게 한순간에 이렇게 바뀔 수가 있는지 참 신기해서 그런다, 왜! 젠장! 나도 얼른 예쁜 여자 친구를 만들던가 해야지!"

형수의 말에 나는 그저 피식 웃기만 했다.

신기하긴 했다.

분명 경기 직전까지만 하더라도 컨디션도 별로였고, 온몸이 물먹은 솜처럼 무겁게 느껴졌는데 이상하게도 지금은 컨디션도 좋고, 몸이 날아갈 것처럼 가벼웠으니까.

'답답하고 조바심이 났었던 건가?'

안젤라에게 고백을 했고, 대답을 기다렸다.

긍정적인 대답을 들을 수 있을 거라고 생각했지만, 안젤라의 주변 상황을 생각하면 꼭 그렇지만은 않았기에 그 부분에 대한 걱정이 은근히 가슴 한구석에 웅크리고 있었던 모양이다.

한창 인기 몰이를 하는 중인 안젤라에게 스캔들은 아무리 생각해도 좋다고 할 수 없었으니까.

어쩌면 그래서 거절을 두려워하고 있었던 건지도 몰랐다.

어쨌든 결과적으로는 내가 생각했던 것 이상의 최고의 대답을 들었다.

'안젤라를 위해서라도 오늘만큼은 최고의 투구를 보여주겠어.'

여기서 내가 패전 투수가 된다거나, 평소보다 나쁜 투구 내용을 보인다면?

언론과 팬들은 신나서 나를 비난하고 욕할 거다.

덩달아 안젤라 역시 언론의 뭇매를 맞게 된다.

우리 두 사람을 위해서라도 절대 있어서는 안 되는 일이다.

내가 보여줄 수 있는 최고의 투구는 하나뿐이다.

퍼펙트게임.

최상의 결과물은 퍼펙트게임이지만, 노히트 게임도 훌륭하다.

최소 8이닝 무실점 정도의 결과물은 만들어내야 한다.

"후우우……."

4회 말이 끝난 지금까지 퍼펙트게임 중이다.

무엇보다 10개의 탈삼진으로 시카고 컵스의 타자들을 완벽하게 압도하고 있었다.

내셔널리그 중부 지구 3위에 이름을 올리고 있는 시카고 컵스지만, 시즌 초반까지만 하더라도 세인트루이스 카디널스를 바짝 추격하며 2위를 차지했었다.

그러나 주전 선수들의 줄부상으로 3위로 떨어지고 그마저도 4위인 밀워키 브루어스에게 역전을 당할 것처럼 아슬아슬한 1게임 차이였으니, 솔직하게 말해서 현 상황에서는 굉장히 만만한 상대인 건 사실이다.

'기회가 왔을 때 확실하게 잡아야지.'

이런 중요한 날 시카고 컵스처럼 성적이 하락하고 있는 구단을 상대로 공을 던진다는 건 말 그대로 운이 따라준다고 할 수 있었으니 최선의 결과를 만들어낼 수 있도록 노력해야만 했다.

타선에서도 든든하게 지원해 주었다.

3회 1점, 4회 2점으로 3점 차 리드를 주더니 5회에 5점이나 대량 득점에 성공하면서 순식간에 시카고 컵스의 사기를 바닥으로 떨어트렸다.

무엇보다 기쁜 건.

5회에 타자로 나선 내가 아주 오랜만에 안타를, 그것도 깨끗한 2루타를 터뜨렸다는 사실이다.

2루 베이스를 밟고 서서 주먹을 불끈 쥐는 내 모습과 관중석에서 누구보다 기뻐하며 박수를 치며 좋아하는 안젤라의 모습이 동시에 전광판에 잡히기도 했다.

5회 말, 6회 말, 7회 말, 8회 말까지 시카고 컵스의 타선을 상대로 단 하나의 안타도 내주지 않았다.

탈삼진은 18개를 넘겼고, 점수 차이는 계속해서 벌어지며 어느덧 12 : 0이라는 굴욕적인 스코어가 시카고 컵스를 짓누르고 있었다.

"흐흐흐흐흐!"

9회 말 수비를 위해 더그아웃을 빠져나가는 형수의 입가엔 함박 미소가 가득했다.

"롤렉스다. 롤렉스. 흐흐흐흐!"

롤렉스를 연신 중얼거리며 걸어가는 형수의 모습을 보며 나도 기분 좋게 웃었다.

홈 팀의 굴욕적인 패배 속에서도 리글리 필드(Wrigley Field)를 꽉 채운 관중들은 단 한 명도 경기장을 떠나지 않고 남아 있었다.

그것도 모두 기립을 한 상태로.

마운드에 내가 오르자 우레와 같은 박수가 터져 나왔다.

자신이 응원하는 구단을 떠나서 모든 관중들이 하나가 되어 진심으로 날 향해 박수를 쳐주었다.

메이저리그 역사상 한 선수가 두 번이나 퍼펙트게임을 달성한 적도 없는데, 이번에는 세 번째 퍼펙트게임을 눈앞에 두고 있으니 자신이 역사의 한 장면에 서 있다 생각한다면 응원하는 팀이 달라도 마땅히 응원해 줄 수밖에 없을 것 같기도 했다.

마운드에 서서 모자를 고쳐 쓰며 안젤라가 있는 곳을 바라봤다.

두 손을 꼭 쥐고 간절한 모습으로 날 바라보고 있었다.

"안젤라, 오늘을 영원히 기억하게 만들어 줄게."

마지막 다짐을 하고 타석에 들어서는 시카고 컵스의 7번 타자, 알렉스 랜드를 바라봤다.

긴장한 모습으로 타석에 선 알렉스 랜드를 향해 초구를

던졌다.

쇄애애애애애액!

《LA 다저스 차지혁! 메이저리그의 신기원을 열다! 단일 시
즌 3번째 퍼펙트게임 달성!》

《9이닝 완벽 투구! 21K로 퍼펙트게임 달성! 차지혁 시즌
MVP의 가장 강력한 후보로 우뚝 서다!》

《차지혁 사랑의 힘으로 퍼펙트게임 만들어 내다!》

《차지혁 시즌 12승 달성! 전반기 끝나기 전까지 15승 충분히
가능하다!》

《퍼펙트게임 직후 인터뷰에서 차지혁 직접적으로 안젤라 쉴
즈에 대한 사랑 고백!》

《한국인 배터리 미국 메이저리그에서 퍼펙트게임을 달성!》

Chapter 4

공개적으로 연인이 되었다고 하지만 달라지는 건 하나도 없었다.

여전히 하루 일과는 새벽부터 훈련으로 시작됐다.

데이트 같은 건 실제로 단 한 번도 할 수가 없었다.

시카고 컵스를 상대로 세 번째 퍼펙트게임을 만들었던 밤에 구단에서 마련해 조촐한 파티 자리에서 안젤라를 동료들에게 소개시켜 준 것도 데이트라면 그게 내 생에 첫 번째 데이트이자 유일한 데이트였다.

대형 소속사에 얽매여 있는 안젤라였기에 그녀는 빠듯한

스케줄을 소화해야만 했는데, 공개적으로 연인임을 밝히면서 의외로 방송가와 언론 등의 섭외가 물밀 듯이 밀려들어 더욱더 바빠졌다는 말을 전화로만 들을 수 있었다.

나 또한 빡빡한 훈련 스케줄로 인해 시즌 중에는 시간을 내기가 결코 쉽지 않았다.

비록 남들처럼 평범한 데이트를 할 수는 없었지만, 하루에도 몇 번씩이나 시간이 날 때마다 전화 통화를 하며 서로의 목소리를 듣고, 마음을 확인했다.

─이번에 지에이치 3편에 정식으로 캐스팅 제의가 들어왔어요.

"저번에 있었던 오디션에 합격을 한 거네요?"

SF 영화 '지에이치' 시리즈는 전 세계적으로 돌풍을 일으킨 역대 흥행 성적 1위의 영화다.

한국에서도 지에이치 1편과 2편은 각각 1,600만, 1,900만의 흥행 성적을 거두며 역대 관객수 1위와 3위 자리를 지키고 있었다.

나 역시 지에이치 시리즈를 무척이나 재밌게 봤고, 3편을 기다리고 있는 관객 중 한 명이었기에 안젤라가 3편에 등장한다고 하면 상당히 기쁠 것 같았다.

─주연도 아니고 그리 많은 역할을 갖고 있는 조연도 아

니지만… 솔직히 내가 영화를 찍어도 되나 싶어요.

"연기 레슨도 꾸준히 받고 있고, 당당하게 오디션을 통해서 캐스팅된 거잖아요? 너무 걱정하지 말고 출연해 봐요. 다른 영화도 아니고 지에이치 시리즈잖아요."

─괜찮을까요?

"물론이죠!"

─그런데 해외 촬영이 너무 많아서 지에이치 시리즈에 출연을 결정하면 꼬박 6개월 정도는 시간을 낼 수가 없다고 하네요.

"아……."

순간 말문이 막혔다.

지금도 바쁜 스케줄로 인해 얼굴을 보기가 힘든데 다시 영화 촬영으로 인해 6개월을 볼 수 없을지도 모른다고 생각하니 허무감이 들었다.

그러나 이내 내가 큰 실수를 했다는 걸 깨달았다.

나 역시 야구 선수로 살기 위해 많은 것들을 포기해야만 하는데, 안젤라의 상황을 이해하지 못하는 내 모습이 너무 이기적으로 느껴졌던 거다.

"이번이 안젤라의 인생에 중요한 기회가 될 수도 있다고 생각해요. 다른 것은 생각하지 말고 오로지 안젤라 자신을 위해서 신중하게 생각해 봐요."

다른 누구도 아닌 안젤라 자신을 위한 결정이라면 나는 충분히 받아들일 수 있었다.

─고마워요. 척.

이후 안젤라와 이런저런 이야기를 한참이나 하고 나서야 그녀가 촬영을 해야 한다며 전화를 끊었다.

전화를 끊고 나니까 안젤라가 보고 싶었다.

멍하니 핸드폰에 찍혀 있는 안젤라의 사진을 바라보다 고개를 흔들며 몸을 일으켰다.

안젤라가 현재 열심히 자신의 일을 하고 있듯이 나 역시 내 삶에 충실해야만 그녀에게 부끄럽지 않은 남자가 될 수 있었다. 무엇보다도 호시탐탐 내 연애를 이유로 성적이 떨어지길 기다리고 있는 언론들과 일부 팬들을 생각해서라도 절대 흐트러지는 모습을 보여서는 안 되었다.

어깨 강화 훈련을 할 때였다.

핸드폰 울림과 함께 문자가 왔다.

당장 핸드폰을 확인하고 싶은 마음이 굴뚝같았지만 하던 운동을 멈출 수가 없었기에 시선만 핸드폰에 둔 상태에서 하던 운동을 마무리하고 재빨리 문자를 확인했다.

문자에는 촬영장에서 찍은 듯한 안젤라의 사진과 함께 몸 조심히 훈련하고 밥 잘 챙겨먹으라는 제법 긴 장문의 글이 쓰여 있었다.

화보 촬영이라고 하더니 의상과 메이크업이 확실히 평소와는 확연하게 달랐다.

가만히 사진을 보고 있으니 이런 아름다운 여자가 내 여자 친구라는 사실이 마치 꿈만 같기도 했다.

그렇게 또다시 한참 동안 사진을 바라보다 제정신을 차렸다.

"정신 차리고 훈련하자!"

스스로에게 기합을 주며 핸드폰을 내려놓고 등을 돌릴 때, 문자 알림음이 다시 울렸다.

내가 보낸 답장을 확인하고 안젤라가 문자를 보낸 건가 싶어 핸드폰을 확인하니 의외의 인물에게서 문자가 와 있었다.

늦었지만, 세 번째 퍼펙트게임 축하드려요.

그리고……

예쁜 여자친구 생긴 것도 축하드려요.

혹시라도 제가 이렇게 연락을 드리는 게 폐가 된다면 더 이상 연락하지 않을게요.

미국으로 유학을 온 정혜영이었다.

시간이 날 때, 에바, 형수와 함께 한 번 만나서 밥을 먹기로 했던 약속이 떠올랐다. 특히 형수는 정혜영이 UCLA에 편입했다는 소리에 예쁜 친구 좀 소개시켜 달라고 몇 번이나 신신 당부를 하기도 했었다.

하지만.

"기억하고 있을 리가 없지."

안젤라를 형수에게 소개시켜 줬던 때에도 형수는 안젤라에게 예쁜 모델 좀 소개시켜 달라고 했고, 지금도 나에게 여자 좀 소개시켜 달라고 조르고 있는 상황이었으니 정혜영의 일은 까맣게 잊고 있을 가능성이 높았다.

안젤라를 사귀기 전이라면 모를까 지금 상황에서 정혜영과 개인적으로 문자를 주고받는 일이 과연 옳은 건가 생각을 하다 이내 핸드폰을 들었다.

축하 감사합니다.
죄송하지만 저번에 했던 식사 약속은 아무래도 어려울 것 같습니다.

앞으로도 응원 부탁한다, 공부 열심히 해라 등의 말들을 썼다가 모두 지워 버렸다.

핸드폰을 내려놓고 다시 훈련을 시작했다.

*   *   *

결국은 이렇게 끝났다.

아무것도 하지 못하고 바보처럼 끝나고 말았다.

하염없이 눈물만 나왔다.

가슴·속 깊이 간직했던 첫사랑이자 짝사랑이 허무하게 끝나 버리니 아무것도 할 수가 없었다.

먹는 것도, 자는 것도 쉽지 않았다.

수업도 빠졌고, 무슨 일이 있냐며 걱정하는 친구들도 귀찮기만 했다.

속 시원하게 고백이라도 해봤다면 이렇게 가슴이 아프지는 않았을 텐데.

한국에서 조금 더 적극적으로 나갔더라면 내가 그녀 대신 그의 곁에 있었을 텐데.

미국에 왔을 때, 곧바로 그를 만나서 마음을 고백했어야 했는데.

한편으로는 고백을 해봤자 무슨 소용이 있었을까 하는 생각도 들었다.

일방적인 짝사랑을 그 사람이 받아줄 리가 없었겠지.

나에 대해 아무것도 모르는 그 사람이 날 알아줄 리가 없었겠지.

공개적으로 연인이 되어버린 그 사람과는 이제 영영 이별을 해야겠지.

그 사람의 연인이 되어버린 그녀에 대한 질투와 분노, 원망도 들었지만, 자신과 비교해서 여러모로 뛰어난 그녀를 보고 있으면 한 없이 초라해지는 자신의 모습만 보였다.

"에바……."

─혜영, 괜찮은 거야?

"나… 한국으로 돌아갈까?"

─무슨 바보 같은 소리를 하는 거야! 네 자신을 위해서 유학을 결정했던 거 아냐? 고작 남자 때문에 한국으로 돌아가겠다고? 정말 그런 마음이라면 당장 가버려! 그리고 다시는 나에게 연락하지 마!

"…흑!"

그렇게 쏟아냈던 눈물이 다시 흘렀다.

소리를 죽여 가며 울음을 삼키는 내게 에바가 그랬다.

─시원하게 울고 모두 잊어버려. 혜영, 넌 충분히 아름답고 똑똑한 여자야. 널 얼마든지 아끼고 사랑해 줄 멋진 남자가 얼마든지 있다는 것만 기억해. 척은 네가 그저 한순간 마음을 줬던 야구 선수일 뿐이라고 생각해. 그러니까 바보 같은 생각하지 말고 다시 씩씩하게 일어나. 네가 그런다고 알아주는 사람은 이 세상에 단 한 명도 없어.

에바의 마지막 말이 너무나 차가웠지만, 사실이었기에 더욱더 슬프게 들렸다.

이제는 정말 모든 걸 잊어야 할 때였다.

"에바… 나 마이애미에 가고 싶어. 나랑 함께 가주지 않을래?"

—마이애미? 그래. 언제 가려고?

"7일."

—7일? 설마…….

"그 사람의 경기를 보고 마이애미에서 모든 걸 깨끗하게 씻어내고 싶어."

—…알았어.

마이애미 공항에 앉아서 30분 정도를 기다리니 에바가 도착했다.

에바의 얼굴을 보니 더욱더 감정이 치솟아 올랐지만, 애써 밝게 웃으며 맛있는 음식도 먹고, 아름다운 마이애미의 해안가를 돌며 즐거운 시간을 보낼 수 있었다.

에바의 친구집에서 하루를 머물고 말린스 파크(Marlins Park)로 향했다.

"말린스 팬이신가요? 하필이면 오늘 상대 투수가 퍼펙트 척이라 승리할 가능성은 거의 없을 것 같네요. 오늘도 피쉬는 그냥 낚시나 당하지 않을지… 젠장."

택시 기사는 쉬질 않고 떠들었다.

에바와 나는 적당하게 대화를 나누고는 목적지에 도착해서 택시에서 내렸다.

말린스 파크 주변은 이미 사람들로 가득했다.

"사람이 많네."

에바와 함께 입장 대기줄에 서서 차례를 기다렸다가 입장을 했다.

"에바, 우리 맥주 마실래?"

"내가 사올게."

"아냐! 내가 사올게. 에바는 앉아 있어. 금방 갖다 올게."

매점을 찾아 맥주 두 잔과 간단한 안주 거리를 사서 붐비는 사람들 사이를 지나칠 때였다.

툭. 촤악.

"아!"

옆 사람이 갑자기 몸을 뒤트는 바람에 부딪혀서 손에 들고 있던 맥주를 내 앞에서 걸어가던 키가 큰 남자에게 쏟아버리고 말았다.

"죄송해요. 정말 죄송해요."

어찌되었던 내 실수였기에 당황해서 죄송하다는 말만 반복했다.

허리부터 엉덩이까지 온통 맥주에 젖어버린 남자가 작게
중얼거렸다.

"씨발."

한국말?

영어로 죄송하다고 말을 하는 나와 다르게 남자가 분명
히 익숙한 한국말로 욕설을 내뱉었다.

등을 돌리고 서 있던 남자가 천천히 몸을 돌렸다.

190㎝가 넘는 큰 키에 약간은 마른 남자의 뺨에는 선명
한 흉터가 징그럽게 꿈틀거리고 있었다.

*   *   *

메이저리그 최초의 3억 달러 계약.

바로 마이애미 말린스와 지안카를로 스탠튼의 계약이다.

13년간 3억 2천 5백만 달러라는 믿기지 못할 계약을
2014년 11월에 성사시켰다.

현재 38세인 지안카를로 스탠튼은 아직까지도 마이애미
말린스에서 2,500만 달러를 받으며 선수 생활을 유지하고
있었지만, 작년 시즌부터 뚜렷하게 하향세를 타기 시작한
성적으로 인해 2028년 마이애미 말린스에서 구단 계약 선
택권을 거부할 가능성이 무척이나 높았기에 올 시즌 이후

은퇴를 선택할 가능성이 무척이나 컸다.

타석에 서 있는 지안카를로 스탠튼은 전성기 시절과 다르지 않는 탄탄한 체형을 자랑했다.

분명 압박감은 있었다.

흔한 말로 이빨과 발톱 빠진 호랑이나 다름없었지만, 그래도 호랑이는 호랑이.

섣부르게 덤벼들었다가는 치명적인 피해를 받을 수 있었기에 신중하게 형수와 사인을 교환했다.

지안카를로 스탠튼의 전반적인 평가는 나이가 들면서 배트 스피드가 떨어져 패스트볼에 대한 반응이 굉장히 느려졌다는 사실이다. 당연히 대다수의 투수들은 지안카를로 스탠튼을 잡기 위해 패스트볼로 승부를 걸 수밖에 없다.

뚜렷한 약점이 있는데 굳이 어렵게 갈 필요가 없기 때문이다.

나 역시 형수와 바깥쪽 포심 패스트볼 사인을 주고받았다.

쇄애애애액.

퍼엉!

"스트라이크!"

주심의 스크라이크 선언에 지안카를로 스탠튼의 표정이 일그러졌다.

바깥쪽으로 살짝 빠지지 않았냐는 투정을 부려봤지만,

주심은 단호하게 고개를 저었다.

'바깥쪽으로 빠지는 컷 패스트볼?'

형수의 사인에 고개를 끄덕이고는 2구를 던졌다.

딱.

배트 끝에 살짝 공이 걸리며 파울이 되고 말았다.

스트라이크 존으로 집어넣었다면 어떻게 됐을지 모를 타구였다.

3구로는 다시 한 번 바깥쪽으로 빠지는 체인지업을 던지면서 계속해서 바깥쪽 공에 대한 집중력을 길러줬다.

그리고 결정구로는 몸 쪽으로 꽉 차고 들어가는 포심 패스트볼.

쇄애애애액!

퍼— 어엉!

"스트라이크! 타자 아웃!"

99마일의 포심 패스트볼에 꼼짝없이 당한 지안카를로 스탠튼은 나를 원망스럽게 바라보다 몸을 돌렸다.

운동선수에게 나이가 든다는 건 무척이나 서글픈 일이다.

전성기 시절이었다면 아무리 빠른 공이 날아와도 가볍게 쳐냈을 지안카를로 스탠튼이었지만, 이제는 배트 스피드가 쫓아가지 못해서 무기력하게 삼진을 당하고 말았으니까.

나도 언젠가는 지안카를로 스탠튼처럼 나이가 들어 기량

이 떨어지는 날이 올 거다.

마음만 먹으면 100마일의 공을 어렵지 않게 던질 수 있었던 때를 추억하며 씁쓸하게 웃을지도 모른다.

안젤라도 내게 말했다.

젊음을 유지하고 있는 시기에 되도록 많은 사진을 남겨 두려고 한다고.

나이가 들어 성숙미를 풍길 수는 있어도 젊음의 싱그러움은 절대 되돌릴 수가 없기에 하루하루가 힘들더라도 한 장의 사진이라도 더 찍으려고 노력한다고 했다.

그러면서 내게도 젊음을 마음껏 뽐내라고 했다.

"적의 경기를 처음 봤을 때, 나는 무척이나 흥분됐어요. 이제 갓 메이저리그에 데뷔를 한 루키 투수가 수년 동안 메이저리그에서 살아남은 타자들을 상대로 물러서지 않고 공을 공격적으로 공을 던지는 모습을 보니까 전율이 일더라고요."

패기 넘치던 모습이 너무 멋있었다고 했다.

되도록 그런 모습을 오랜 시간 유지했으면 좋겠다고도 했다.

오늘 경기가 시작되기 전에도 전화를 걸어 멋진 경기 부탁한다고 했던 안젤라였다.

경기장에 오지 못해서 미안하다며 방송을 통해 열심히 응원을 하겠다고 했다.

중계방송을 보고 있을 안젤라를 위해서라도 내가 가진 최고의 무기를 바탕으로 오늘 경기도 최선을 다하기로 마음먹고 마운드에 올랐다.

타석에 들어서는 마이애미 말린스의 타자를 바라보며 글러브 속 야구공을 강하게 움켜잡았다.

2027년 6월 8일.

LA 다저스 대 마이애미 말린스.

최종 스코어 3 : 1

승리투수 차지혁(8이닝 무실점), 시즌 13승 무패.

*　　　　*　　　　*

─오 마이 갓! 마이크 테일러 시즌 28번째 홈런을 터뜨렸습니다! 대단합니다!

─3경기 만에 또다시 홈런을 쏘아 올리는 마이크 테일러! 오늘 경기까지 78경기에서 28번째 홈런을 터뜨렸으니 남은 전반기와 후반기에도 지금과 같은 페이스를 유지한다면 메이저리그 역대 최초로 루키 시즌 50홈런을 기록할 수 있을

것 같군요!

―굉장합니다! 지금까지 메이저리그 역사상 루키 시즌 최다 홈런은 1987년 오클랜드 애슬레틱스에서 뛰었던 마크 맥과이어의 49홈런이질 않습니까?

―그렇죠. 약물로 얼룩진 과거로 인해 명예가 바닥까지 떨어졌다고 하지만 마크 맥과이어가 대단한 타자였던 것만큼은 분명한 사실이죠. 특히 아직까지도 보유 중인 루키 시즌 최다 홈런과 단일 시즌 70홈런의 고지를 가장 먼저 밟았던 것, 당대 최고의 홈런 타자들이었던 배리 본즈, 새미 소사와의 홈런 레이스가 전 세계적으로 야구의 인기를 크게 이끄는데 기여한 것만큼은 부정할 수 없는 사실이죠. 하지만 부끄러운 스테로이드 시대의 부산물이기도 합니다.

―스테로이드 시대라 일컬어지는 1990년부터 2007년까지 무려 25명이나 되는 타자가 50개 이상의 홈런을 기록했으니 확실히 부끄러운 약물 시대라는 오명은 벗어날 수 없을 겁니다.

―야구 개혁이 일어난 이후부터 국제야구연맹인 IBAF에서는 3개월에 한 번씩 모든 선수들을 대상으로 약물 검사를 통해 약물과의 전쟁을 선포했죠. 금지 약물을 복용했을 경우에는 최소 100경기 출장 정지부터 시작해서 최대 선수 자격 정지 처분까지 내려지니 아무리 성적에 욕심이 난다 하

더라도 금지 약물 복용은 꿈에도 꿀 수 없죠.

ㅡ하지만 일각에서는 너무 과도한 처분이 아니냐며 진통제조차 제대로 복용할 수 없다고 아직까지도 반발하고 있질 않습니까?

ㅡ그렇지만 모든 진통제가 금지 약물은 아니죠. 어쨌든 마이크 테일러 선수가 오늘 28번째 홈런을 터뜨렸으니……

"저놈도 괴물은 괴물이네."

형수가 질렸다는 듯 고개를 절레절레 저으며 바나나 하나를 집어서 내게 던졌다.

날아오는 바나나를 잡아 껍질을 벗기기 시작하자 형수가 다시 말을 이었다.

"마이크 테일러가 정말 홈런 50개를 날리면 MVP까지 가져가겠지?"

"아마도 그러지 않을까?"

마이크 트라웃이 데뷔 시즌에서 0.326의 타율에 30홈런, 83타점, 129득점, 49도루라는 놀라운 성적을 기록하면서 신인왕은 물론이고 MVP 투표에서도 2위를 차지했다.

물론, 모든 수상은 상대적이다.

그해 수상 경쟁을 해야 하는 상대들이 얼마나 좋은 성적을 기록했느냐에 따라 수상이 결정되니, 홈런 50개와 타율

3할 4푼을 기록하고도 홈런왕과 MVP를 차지하지 못하는 선수가 생길수도 있고, 반대로 40개의 홈런과 타율 3할 1푼만 기록하고도 홈런왕과 MVP를 차지하는 선수가 생길 수도 있는 거다.

현재 아메리칸리그에서 마이크 테일러는 홈런 부문 1위를 기록하고 있고, 2위와는 무려 5개나 차이가 났다.

내셔널리그에서도 홈런 1위의 홈런 개수가 24개였으니 마이크 테일러는 양대 리그 통합 홈런 부문 1위인 셈이다.

"메이저리그 역사상 최초로 양대 리그에서 신인상과 MVP를 동시에 수상하는 신인들이 생기는 건 아닌지 모르겠네."

내셔널리그에서는 바로 나.

아메리칸리그에서는 마이크 테일러.

형수의 말대로 어쩌면 진기한 기록이 나올지도 모른다.

"붙으면 이길 수 있겠어?"

형수가 장난스럽게 물었다.

"글쎄."

신인 타자라고 하지만 마이크 테일러가 엄청난 재능을 갖춘 역대급 타자인 건 분명했다. 그렇기에 신인 드래프트 역사상 최고의 계약(7년 85M)을 맺을 수 있었던 거다. 물론, 결과적으로는 국내에 잔류를 하면서 이적을 한 내가 더 높은 몸값을 자랑하게 되었지만.

그러나 지금과 같은 성적을 유지한다면 마이크 테일러의 가치는 결코 내 아래가 될 수 없다.

타자와 투수의 차이점이 뚜렷하기 때문이다.

5선발 로테이션을 통해 5경기 중 한 경기에만 출장하는 투수와 다르게 타자는 체력만 받쳐 준다면 시즌 내내 출장이 가능하다.

당연히 투수보다 타자의 몸값이 높을 수밖에 없는 이유다.

토론토 블루제이스에서 마이크 테일러를 이적시키겠다고 선언을 하면 대다수의 구단들이 달려들 가능성이 높다.

막대한 이적료는 기본이고, 계약 총액이 과연 얼마까지 치솟게 될지는 아무도 예상하지 못한다.

특히 샌디에이고 파드리스나 콜로라도 로키스에서 엄청나게 돈을 풀기 시작하면 분명 4억 달러는 넘어선다.

'어쩌면 5억 달러가 가능할지도 모르지.'

나에게도 옵션 포함 4억 달러를 제시했었으니 타자인 마이크 테일러에게 5억 달러는 당연할지도 모른다.

물론, 당장은 그런 일이 벌어질 리가 없다.

최소한 올 시즌 후반기를 지금처럼 꾸준하게 활약하며 신인왕과 MVP를 동시에 석권했을 때에나 가능한 일이다.

그리고 정말 그런 일이 벌어졌을 때, 마이크 테일러가 향할 가장 가능성 높은 구단은?

'콜로라도 로키스겠지.'

막대한 연봉, 그 어떤 메이저리그 구장과도 비교가 불가능한 타자 친화적인 쿠어스 필드.

이거면 충분하다.

메이저리그 단일 시즌 최다 홈런인 배리 본즈의 73개를 갈아치울 수도 있다.

만약, 메이저리그의 역사에 자신의 발자취를 크게 남기고 싶은 욕심이 조금이라도 있다면 마이크 테일러는 결코 콜로라도 로키스의 유혹을 거부하지 못한다.

'형수도 쿠어스 필드에 푹 빠졌으니.'

한 경기 4연타석 홈런.

일부에서는 퍼펙트게임보다 더 위대하다 부르는 이 말도 안 되는 기록을 세운 형수도 쿠어스 필드를 홈구장으로 사용하는 콜로라도 로키스로의 이적에 대해서만큼은 굉장히 긍정적인 반응을 보이고 있었다.

아무리 쿠어스 필드에서의 기록을 100% 인정할 수 없다 떠들어도 어쨌든 기록은 기록.

타자의 입장에서 결코 거부하기 쉽지 않은 것만큼은 분명했다.

"어차피 올 시즌은 월드 시리즈가 아니면 물 건너갔고,

내년에는 어쩌면 내셔널리그 최고의 신인과 아메리칸리그 최고의 신인이 2년 차가 되어 맞대결을 벌일 수도 있겠네."

내셔널리그 서부 지구에 속한 LA 다저스와 아메리칸리그 동부 지구에 속한 토론토 블루제이스는 내년 시즌 인터리그를 통해 경기를 갖는다.

많은 사람들이 마이크 테일러와 나를 두고 누가 더 우위에 서 있다 저울질을 하고 있었고, 맞대결을 보고 싶어 하지만 아쉽게도 올 시즌에는 다저스와 토론토가 각각 월드시리즈까지 올라오지 않는 이상은 만날 일이 없었다.

"아! 어쩌면 다음 달에 맞붙을 수도 있겠네!"

형수의 말에 내가 무슨 소리냐고 물으려다 한 가지가 머릿속을 스치고 지나갔다.

"올스타전."

"빙고!"

나와 마이크 테일러.

두 사람 모두 올스타에 뽑히지 않을 가능성은?

제로다.

Chapter 5

6월 13일 일요일.

내셔널리그 동부 지구 4위에 머물고 있는 필라델피아 필리스와 LA 홈경기가 시작됐다.

4차전 경기 중 첫 번째 선발로 마운드에 오른 나는 5회 1실점을 하고, 7회에도 1실점을 추가하며 최종적으로 8이닝 2실점으로 2 : 2의 상황에서 마운드를 내려와야만 했다.

5경기 연속 무실점 기록이 끊겼고, 4월 26일부터 시작됐던 선발 경기 연속 승리도 8경기로 마감되고 말았다.

야수 실책과 실투로 각각 점수를 내주었다.

다행이라면 타자들이 똑같이 2점을 내주는 덕에 패전 투수는 면할 수 있었지만, 경기의 결과는 4 : 3으로 LA 다저스의 패배.

1차전의 패배는 2차전으로도 이어졌지만, 3차전과 4차전을 모두 승리하면서 2승 2패를 나란히 가져가며 시리즈가 끝났다.

경기가 없던 17일에는 내 생에 최초의 데이트가 있었다.

17일이 경기가 없는 휴식일이라는 걸 알고 안젤라가 시간을 내서 LA까지 날아왔다.

주어진 시간은 6시간.

나와 안젤라는 6시간이라는 짧다면 짧은 소중한 데이트 시간을 어떻게 보내야 하나 전화로 무척이나 많은 고민과 상의를 했지만, 결국은 남들처럼 평범하게 영화를 보고 식사를 하는 것으로 마치고 말았다.

안젤라와 손을 꼭 잡고 거리를 걸을 때엔 여기저기서 사람들이 알아보고 소리를 지르거나, 사진을 찍고 사인을 해달라고 했지만, 우리 두 사람은 정중하게 거절하며 우리만의 시간을 즐기기에 여념이 없었다.

당연한 말이지만 이날의 데이트는 각종 포털 사이트와 언론을 통해 기사화되었다.

그리고 무엇보다 기념적인 사건은 우리에게 주어진 6시간을 마무리할 때 벌어졌다.

짧았던 6시간의 데이트를 마치고 안젤라를 공항까지 배웅하는 과정에서 그녀가 내게 키스를 해온 거였다.

영화에서 나오는 것처럼 진한 키스가 아닌 단순하게 입술끼리 살짝 닿은 뽀뽀 수준이었지만, 그것만으로도 내 심장은 터질 듯이 뛰었고, 귀까지 빨개진 나와 얼굴이 붉어진 안젤라는 서로를 바라보며 한참을 웃기만 했다.

안젤라를 배웅하고 집으로 돌아와 멍하게 있던 날 추궁한 끝에 형수가 이렇게 말했다.

"키스도 아니고 뽀뽀? 니들이 무슨 미취학 아동들이냐? 으이구~ 한심한 놈!"

형수에게 한심하다는 소리를 듣기는 했지만, 내겐 너무 행복한 하루였다.

18일부터 20일까지는 LA 홈에서 뉴욕 메츠를 상대로 경기가 벌어졌다.

나는 19일 2차전에 선발로 등판을 했고, 이날은 17일에 있었던 안젤라와의 데이트의 영향 때문인지 9이닝 완봉승을 거둘 수 있었다.

뉴욕 메츠와의 홈 3연전과 밀워키 브루어스와의 3연전을 연달아 치르고 곧장 워싱턴 원정길을 떠났다.

내셔널리그 동부 지구 단독 1위를 질주하고 있는 워싱턴 내셔널스는 현재 내셔널리그 5강 중 한 팀으로 굳건하게 자리를 잡은 상태였다.

무엇보다도 워싱턴 내셔널스에는 그가 있다.

3,500만 달러의 연봉을 받고 있는 루카스 지올리토.

사이영상을 3차례나 수상한 메이저리그 최강의 투수 중 한 명인 루카스 지올리토가 버티고 있는 워싱턴 내셔널스와의 대결은 이미 많은 언론에서 상당히 집중적으로 다루고 있었다.

하지만 많은 언론과 팬들이 원하던 나와 루카스 지올리토의 맞대결은 결국 불발이 되고 말았다.

경기 당일 식중독에 걸린 루카스 지올리토가 결국 결장을 하고 말았다.

대대적인 홍보와 함께 전국 방송까지 잡혔던 중계였기에 그 실망감은 더욱더 클 수밖에 없었다.

결국 마운드에 오른 건 나밖에 없었다.

워싱턴 내셔널스의 장점은 탄탄한 타선과 막강한 선발진이다.

그러나 에이스 루카스 지올리토가 빠진 자리를 급하게 메꾼 선발 투수는 LA 다저스의 타선을 막기에 부족했고, 워싱턴 내셔널스의 탄탄한 타선도 이전 경기 완봉승으로 상승세를 탄 내 구위에 억눌려 이렇다 할 활약도 해보지 못하고 경기가 끝나고 말았다.

최종 스코어는 4 : 1.

9회 마운드에 오른 불펜 투수가 1점을 실점하긴 했지만, 8이닝 무실점을 기록한 내 성적표는 더할 나위 없이 만족스러웠다.

하지만 워싱턴 내셔널스의 저력은 다음 경기에서 곧바로 나타났다.

예정대로 2선발 투수가 등판하면서 기세가 올랐던 LA 다저스 타자들의 배트를 꽁꽁 묶어버리더니, 전날 기가 죽었던 워싱턴 내셔널스의 타자들이 살아나면서 6회에 이미 승부가 갈리고 말았다.

2 : 9로 2차전에서 대패를 한 LA 다저스는 3차전에서도 패배를 하며 결국은 1승 2패라는 씁쓸한 성적표를 들고 애틀란타로 향했다.

내셔널리그 동부 지구의 명문 구단 애틀란타 브레이브스.

27일 1차전에서는 박빙의 승부 끝에 1점 차 승리를 거뒀고, 2차전에서는 크게 패하며 일진일퇴를 나란히 기록했다.

마지막 3차전.

선발 투수는 나였고, 루키 시즌 전반기 마지막 선발 등판 경기이기도 했다.

"오늘 이기면 16승이네?"

말을 하는 형수는 날 못 볼 것 봤다는 듯 바라보고 있었다.

언론에서 한창 시끄럽게 말했던 전반기 15승을 거두고 이제는 16승을 바라보고 있는 나였다.

"전반기에 15승을 따내는 선발 투수가 도대체 어디에 있다는 건지."

투덜거리는 형수에게 2010년 콜로라도 로키스의 선발 투수였던 우발도 히메네스가 전반기에만 15승을 거뒀다는 말을 해주려다 모를 리가 없었기에 아무런 말도 하지 않았다.

우발도 히메네스 이후 더 이상 전반기 15승 투구가 배출되지 않았으니 정확하게 17년 만에 내가 전반기 15승을 달성한 선발 투수가 되었다.

'실제로 나보다 우발도 히메네스가 더 대단하다고 할 수 있지.'

투수 친화 구장인 다저 스타디움과 투수들의 무덤인 쿠어스 필드.

누가 봐도 쿠어스 필드를 홈으로 썼던 우발도 히메네스가 더 대단하게 보일 수밖에 없다.

하지만 3번의 퍼펙트게임을 포함한 8번의 완봉승을 거둔

내가 실질적인 가치 평가에서는 더욱 높다 자랑할 만했다.

"어차피 인간 코스프레만 하고 있는 놈에게 뭘 바라겠냐. 이왕지사 신의 경지로 들어서기로 했으니 오늘 경기도 깔끔하게 완봉으로 전반기 마무리해라."

형수의 말에 나는 그저 웃기만 했다.

*   *   *

7월 3일, 뉴욕 메츠와의 원정 경기를 끝으로 2027년 메이저리그 전반기가 마감됐다.

LA 다저스는 내셔널리그 서부 지구 2위를 마크했고, 1위 샌프란시스코 자이언츠와는 고작 1게임 차이밖에 나질 않았다.

언제든지 1위로 치고 올라갈 수 있는 살얼음판 같은 순위 다툼이었다.

후반기는 7월 27일 화요일에 시작되고, 상대팀은 아메리칸리그 서부 지구의 오클랜드 애슬레틱스과의 LA 홈경기다.

7월은 평화와 폭풍이 휘몰아치는 격정적인 한 달이다.

7월 4일부터 시작되는 IBAF 챔피언스 리그는 분명 후반기 메이저리그 구단들의 순위에 적지 않은 영향을 끼치게 된다.

당장 내셔널리그 서부 지구만 하더라도 챔피언스 리그에 출전해야 하는 샌프란시스코 자이언츠와 기나긴 휴식으로 체력을 재충전하는 LA 다저스의 상황은 결코 같다고 할 수 없었다.

챔피언스 리그가 끝나면 곧바로 25일에는 올스타전이 열린다.

그리고 단 하루 26일에만 메이저리그 공식 휴식일이 주어지고 27일부터 10월 3일까지 62게임의 시즌 후반기가 펼쳐진다.

전반기 100게임에 비교하면 분명 절반 가까이 줄어든 게임 수였지만, 3월부터 시작된 치열한 페넌트 레이스는 게임 수가 적다 하더라도 시즌 막판으로 갈수록 선수들에게 느껴지는 부담감은 정신적으로나 체력적으로나 결코 전반기 못지않았다.

그리고 단장들 사이에서 벌어지는 트레이드.

거부권을 가지지 못한 선수들에게 언제 어떤 식으로 통보가 올지 모르는 이 살벌한 트레이드가 심적으로 엄청난 불안감을 만들기에 충분했다.

"정말 같이 가지 않을래?"

짐을 한가득 챙긴 형수가 마지막으로 날 바라봤다.

말투부터 표정과 눈빛까지 함께 가주었으면 하는 작은 간절함이 느껴졌지만 내 대답은 변함이 없었다.

"내가 갈 이유가 없잖아."

"집에서 혼자 훈련하는 것보다는 낫잖아?"

"집이 편해."

"정 그렇다면 어쩔 수 없고."

7월만 되면 푸에르토리코, 카롤리나로 떠나겠다고 했던 형수는 3일 뉴욕 메츠와의 경기가 끝나고 LA로 돌아오기가 무섭게 짐을 쌌다.

2주 동안 세인트루이스 카디널스의 전설적인 포수 야디어 몰리나가 운영하는 야구 캠프에서 특별 훈련을 받기로 했기 때문이다.

처음에는 별다른 말을 하지 않더니 며칠 전부터는 갑자기 나에게도 함께 가지 않겠냐고 은근히 권유를 하고 있었다.

하지만 투수인 내게 포수 전문 훈련이 주를 이루는 야구 캠프는 크게 도움이 될 것 같지 않았기에 단칼에 거부해 버렸다.

"나 간다."

짐을 짊어지고 현관문을 나가는 형수를 배웅하고 오랜만

에 혼자만의 시간을 맞이했다.

2주 동안의 온전한 혼자만의 자유.

가정부인 주혜영에게도 2주 동안 유급 휴가와 동시에 넉넉하게 휴가비도 줬다.

급여야 어차피 에이전시에서 주는 거였기에 신경 쓸 필요가 없어 휴가비만 형수와 함께 상의를 해서 챙겨줬다.

나와 형수가 전반기에 좋은 성적을 거둘 수 있었던 것에는 분명 주혜영의 도움도 컸다.

항상 신선한 재료로 정성스럽게 밥을 차려준다는 것만으로도 타국 생활을 하는 나와 형수에게는 굉장히 큰 도움이 될 수밖에 없었다.

상황이 그렇다 보니 2주 동안에는 이 집에 오직 나 혼자만 지내게 되었다.

그런 나를 위해서인지, 아니면 생각하지도 못했던 많은 휴가비 덕분인지 뉴욕 메츠 원정을 다녀오니 냉장고와 냉동실에는 나를 생각해서 만들어 놓은 반찬과 음식들이 가득 채워져 있었다.

2주 정도는 충분히 먹고도 남을 넉넉한 양이었다.

이제는 2주 동안 어떻게 지내느냐가 문제다.

특별하게 뭘 하겠다고 생각을 한 건 없었다.

어차피 내가 할 수 있는 일을 해야 했고, 그러자면 결국은 훈련밖에 없었으니까.

물론, 이 기간 동안 틈틈이 안젤라가 찾아오겠다고 했지
만 그녀도 무척이나 바쁘게 지내고 있다는 걸 알기에, 한두
번 정도는 내가 찾아가 볼까 하는 생각이 유일한 계획이었
다.

조금만 더 쉬었다가 훈련을 시작해야겠다고 생각하던 도
중 전화가 왔다.

"예, 선배님."

—어디야?

다짜고짜 어디냐고 묻는 사람은 유혁선 선배였다.

"집입니다."

—그래? 특별하게 약속이 있는 건 아니지?

"예, 약속은 없습니다."

—잘됐네. 한 시간 내로 갈 테니까 기다리고 있어.

"예? 그게 무슨… 선배님? 선배님?"

무슨 급한 일이 있는지 일방적으로 전화를 끊어버린 유
혁선 선배의 행동에 나로서는 의구심만 생겨났다.

두 번인가 집에 초대를 했었던 유혁선 선배였다.

LA 다저스에서 코치 연수를 받고 있었기에 대부분의 시간
을 마이너리그에서 보내고 있었지만, 시간이 날 때면 항상
경기장에도 찾아오고 구단에도 찾아와 날 만나곤 했었다.

이런저런 조언과 자신의 경험담을 이야기해 주며 많은 도움을 주고 있었기에 유혁선 선배에 대한 고마운 마음을 항상 가지고 있었다.

뭔가 이유가 있으니 찾아오는 거라 여기고는 유혁선 선배가 오기 전까지 몸이나 풀어놓자는 마음에 개인 훈련장으로 향했다.

개인 훈련장에서 스트레칭을 시작으로 가볍게 운동을 하고 있자 유혁선 선배가 나타났다.

"독종이 따로 없다니까."

친근해진 유혁선 선배는 오늘 같은 날에도 훈련이냐며 나를 향해 고개를 절레절레 저었다.

운동선수가 훈련을 하지 않으면 뭘 하냐며 가볍게 대꾸를 해주고는 갑작스런 방문 목적을 물었다.

"그런데 무슨 일로 갑작스럽게 오셨어요?"

"너한테 소개해 주고 싶은 사람이 있어서 왔지."

"소개해 주고 싶은 사람이요?"

누굴 소개하려고 하냐는 내 물음에 유혁선 선배는 곧 알게 될 거라며 히죽 웃기만 했다.

"밥은 먹었어? 좀 출출한데 라면 있으면 하나 끓여 먹자."

유혁선 선배의 말에 나는 하던 운동을 마무리 짓고 집으로 들어가 라면을 끓였다.

"야~ 여기 김치 진짜 끝내주네? 어디서 산 거야? 어머니가 한국에서 보내주신 거야?"

"아뇨. 저희 집에서 일해주시는 가정부가 한 겁니다."

"진짜? 김치 진짜 잘하네. 나중에 김치 먹고 싶으면 여기 와서 먹어야겠다."

가까워지니 정말 친근하게 지내는 유혁선 선배였다.

원래 이미지도 그렇고, 성격도 워낙 활발하고 재밌었기에 싫다는 감정을 느낄 수 없었다.

라면에다가 김치를 맛있게 먹고 대충 치우고 나니 유혁선 선배의 핸드폰이 울렸다.

"왔어? 알았어! 내가 지금 나갈게! 오케이!"

유혁선 선배는 잠깐만 기다리라고 말하고는 곧바로 집을 나갔다.

누굴 데리고 오는지는 모르겠지만, 깨끗한 모습을 보여서 나쁠 것 없다는 생각에 서둘러 설거지를 하고는 눈에 띄는 것들을 치우고 나니 초인종이 울렸다.

현관문으로 다가가 문을 여니 정말 생각하지도 못했던 뜻밖의 인물이 서 있었다.

"커쇼?"

큰 키에 잘생기진 않았지만 맑은 눈동자와 어울리는 선

한 표정을 가진 남자, LA 다저스의 살아 있는 전설이자 한 때 지구 최강의 투수라 불렸던 클레이튼 커쇼가 큼지막한 손을 흔들고 있었다.

"반갑습니다. 차에 대해서는 류에게 많이 들었습니다. 갑작스럽게 찾아와서 실례가 되는 것 아닌지 조심스럽군요."

커쇼의 인사에 나는 재빨리 고개를 좌우로 흔들었다.

"만나게 되어 영광입니다!"

갑작스러운 클레이튼 커쇼와의 만남.

LA 다저스에서만 선수 생활을 하고 은퇴한 커쇼는 코치직을 과감하게 뿌리치고 현재는 사회봉사 활동에만 전념하고 있었는데, 전 세계적으로 굉장히 유명했다.

현역 시절부터 사회봉사 활동에 관심이 많았고, 실제로도 2012년부터 프로젝트로 진행되어 시작된 커쇼의 챌린지(Kershaw's Challenge)는 커쇼가 설립한 자선 단체로, 초창기 미국과 아프리카의 아동들만 지원하던 사업이 현재는 전 세계의 아동들을 대상으로 확대되었을 정도로 엄청난 규모를 자랑하고 있는 중이다.

"소문에는 차 역시도 한국에 재단을 설립 중이라고 하던데 그 이야기를 들으니 더욱더 차를 만나고 싶었습니다."

"저보다 한참이나 선배님이시니 편하게 말씀하시고, 다른 사람들처럼 편안하게 척이라 부르시면 됩니다."

커쇼는 내 말에 알겠다는 듯 고개를 끄덕이고는 말을 이었다.

"전반기 척의 활약은 정말 인상적이더군. 솔직히 나는 척의 경기 기록을 보고 도저히 믿기지가 않았어. 마치 소설 속 이야기가 아닌가 싶을 정도로 판타스틱해서 말이야. 하하하!"

커쇼의 입에서 저런 소리를 듣게 될 줄이야.

7번의 사이영상과 2번의 MVP를 탔던 커쇼의 수상 기록이나 메이저리그 통상 성적과 기록도 일반적인 야구 선수들이 보기에는 믿기지 않는 판타지인 건 마찬가지일 거다.

"남은 후반기에도 전반기에 못지않은 성적으로 메이저리그 최고의 투수가 되길 바라겠어."

"감사합니다. 최선을 다해서 노력해 보겠습니다."

인사치레가 끝나고 나자 유혁선 선배와 커쇼가 날 찾아왔는지에 대해서 이야기를 했다.

간단하게 말해서 커쇼가 직접 유혁선 선배에게 연락을 해서 날 만나고 싶다고 했다는 거다.

그 이유는…….

"예? 커브요?"

놀란 나를 향해 커쇼가 고개를 끄덕였다.

"사실, 시즌이 시작되기 전부터 맥브라이드 단장이 내게 몇 번이나 부탁을 해왔었지. 자네에게 커브를 가르칠 수 있겠냐고. 솔직하게 말해서 시즌이 시작되기 전까지만 하더라도 자네에 대한 평가를 정확하게 내릴 수가 없어서 거절했던 거야. 그리고 변명 같겠지만 내가 하는 일이 12월부터 1, 2월까지는 무척이나 바빠서 시간적으로 여유가 부족하기도 했고."

랜디 존슨뿐만 아니라 커쇼에게도 부탁을 했었던 건가?

하긴, 생각해 보면 LA 다저스 입장에서는 이적료까지 포함해서 3억 달러 가까이까지 지출을 감행하면서 한국에서 날 데리고 왔으니 어떻게든 돈값은 할 수 있도록 가능한 모든 걸 지원할 수밖에 없었을 것 같기도 했다.

"전반기 내내 자네의 경기를 보면서 무척이나 흥분됐어. 이른 말일지는 모르겠지만 분명 날 뛰어넘는 다저스의 새로운 전설이 될 것 같았거든. 그렇게 생각을 하니까 괜히 욕심이 나더라고."

"욕심이라면?"

"척, 자네는 분명 굉장한 실력을 갖고 있고, 재능 또한 부족하지 않아. 단점을 쉽게 찾아볼 수 없을 정도지. 하지만 자네가 던지는 구종들을 보면 모두 일관될 정도로 패스트볼 계열만 던지고 있다는 게 한편으로는 무척이나 아쉽더라고."

"그건……."

내가 원했던 일이다.

강력한 포심 패스트볼을 중심으로 두고 비슷한 패스트볼 계열의 변화구들만을 선택한 이유는 타자를 압도하고 싶다는 마음이 크기 때문이었다.

타자와의 복잡한 수 싸움을 하기보다는 정면으로 타자를 상대하는 공격적인 투수가 되고 싶었기 때문이다.

"자네의 투구 패턴이나 경기 운영 방식을 보면 무슨 생각인지는 충분히 알 만해. 하지만 메이저리그는 절대 호락호락하지 않아. 지금도 자네에 대한 분석이 쉬질 않고 이뤄지고 있을 거야. 자네 정도의 투수가 해부를 당한다고 쉽게 무너지지는 않겠지만, 지금처럼 경이적인 기록은 1년, 길어야 2년 내에 끝이 날거야. 이후로도 정상급 투수로서 메이저리그 마운드 위에서 공을 던지겠지만, 지금 자네의 모습을 기억하는 팬과 언론들은 많은 부분 아쉬움을 드러내겠지. 그건 자네 역시 마찬가지일 테고."

커쇼의 말에 나는 아무런 말도 하지 않았다.

그의 말이 맞기도 했지만, 어차피 오랜 시간 리그를 평정할 수 있다고 생각하지도 않았기 때문이다.

솔직하게 말해서 메이저리그라는 야구 천재들만 모인 리그에서 정상급 투수로 마운드 위에 설 수 있다는 것 자체가 성공적인 선수 생활을 하고 있다 자랑할 일이다.

세계 최고의 투수가 되고 싶다는 꿈은 여전하지만 그 기준이라는 게 모호했다.

매년 20승을 거두면 그 자체만으로도 세계 최고의 투수라 부를 만하지 않을까?

세계 최고의 투수라고 매년 사이영상을 차지하고, MVP를 수상해야 하는 건 아니다.

절대 그런 투수는 존재할 수 없다.

그런 의미에서 커쇼는 위대한 투수인 거다.

지구 최강의 투수라는 타이틀을 괜히 붙인 게 아니다.

"제가 선배님의 커브를 익히면 어떻게 되는 겁니까?"

내 물음에 커쇼가 빙긋 웃었다.

"최소한 다저스의 팬들이라면 자네를 나와 비교하는 일은 없을 것 같군."

나는 물론이고 유혁선 선배마저 놀란 얼굴로 커쇼를 바라봤다.

커쇼 정도의 선수가 자신을 아래로 말할 수 있다는 사실이 놀랍기만 했다.

"배워볼 텐가?"

하늘이 내려준 커브라고 할 정도로 메이저리그 역대급 12—to—6커브를 구사했던 커쇼에게 직접 배운다는 건 엄청난 기회고, 다시없을 행운이다.

길게 고민할 것도 없이 배우겠다고 대답을 하려고 하는 순간, 커쇼가 살짝 난감하다는 표정으로 뒷말을 이었다.

"그런데 말이야, 자네가 알다시피 내가 좀 바쁜 사람이라서 어디 한곳에서 진득하게 자네를 가르칠 수 있는 형편이 되지 못해. 그러니까 내게 커브를 배우려면 어쩔 수 없이 나와 함께 움직여야만 해."

"예? 어디로 움직여야 한다는 말입니까?"

"아프리카."

Chapter 6

아프리카라니.

커쇼에게 12−to−6커브를 배우기 위해 결국 예정에도 없던 아프리카로 향하는 비행기에 몸을 실었다.

작년에 이어서 올해도 7월에 아프리카 땅을 밟게 될 줄이야.

목적지는 잠비아의 수도 루사카.

한 번의 경유를 거쳐서 도착한 루사카의 첫 인상은 생각 외로 시원했다.

잠비아의 겨울은 6월부터 10월까지다. 5, 6월에서 8월까지는 시원하며 건조하고 그 이후부터는 겨울이라 하더라도 뜨겁고 건조하다 했지만, 나야 어차피 2주 후면 LA로 다시 돌아가야 했기에 이후 날씨에 대해서는 신경을 쓸 필요가 전혀 없었다.

"세상에서 가장 시간이 느리게 가는 곳이 바로 아프리카지."

공항에서 차를 타고 이동하는 도중에 커쇼가 씁쓸한 미소와 함께 내게 말했다.

시간이 느리게 가는 곳이라고?

어떤 의미의 말일까 잠시 고민을 해봤다.

LA와는 비교할 수 없다지만, 높고 화려한 건물들과 너무나도 익숙하게 봐왔던 세계 유명 브랜드 매장들이 즐비해 있는 도시의 모습이 가장 먼저 눈에 들어왔다.

단순히 눈에 보이는 도시의 모습만 본다면 아프리카도 이제는 정말 많이 발전했고, 우리의 머릿속에 각인되어 있는 척박한 환경의 대륙이 아니구나 싶겠지만 실상은 전혀 달랐다.

눈에 보이는 극히 일부의 도시들만 발전이 집중되어 있는 곳이 바로 아프리카의 나라들이다.

집중적으로 발전시킨 도시를 제외한 곳은 여전히 질병과 가난으로 고통받고 있었다.

끊이질 않는 내전으로 아프리카 대륙은 세계에서 치안이 가장 떨어졌고, 그만큼 고통을 받는 이들이 많은 곳이었다.

수많은 아프리카의 사람들은 여전히 도움의 손길을 간절히 기다리고 있다.

전 세계적으로 많은 구호 단체와 자선 단체 등이 아프리카 대륙을 위해 발 벗고 나서고 있다지만, 드넓은 아프리카 대륙의 고통받는 사람들을 구제하기엔 한참이나 모자랐다.

자그마치 15년 넘게 아프리카 봉사 활동을 하고 있는 커쇼였기에 더욱더 그 실상을 잘 알고 있을 것이다.

생각이 거기까지 이르자, 커쇼가 한 말의 의미가 조금은 이해가 갔다.

"작년에 아프리카에 왔었다며?"

"…광고 촬영이었습니다."

순수하게 기부와 함께 봉사 활동을 하는 커쇼 앞에서 유니세프 광고 촬영을 위해 아프리카에 왔었다는 사실이 괜히 부끄럽게 느껴졌다.

"광고는 나도 봤어. 멋지더군. 카메라에 비친 자네의 모습에서 진심이 느껴졌어. 내가 그 나이 때에는 솔직히 생각조차 해보지 못했던 일이라 정말 자네가 대단하게 느껴졌지."

진심으로 칭찬을 하는 커쇼로 인해 부끄럽던 마음이 살

짝 가시기는 했지만, 그의 앞에서 자랑스럽게 내세울 만한
일은 아니었다.

"다 왔군."

커쇼의 말이 끝나기가 무섭게 달리던 차가 멈춰 섰다.

눈앞에는 크지도 작지도 않은 규모의 건물 한 채가 앞에
서 있었고, 큼지막한 간판이 보였다.

Hope's Home.

희망의 집이라는 고아원으로 2012년 커쇼가 설립한 곳이
었다.

설립 초기에는 12명의 어린이가 살았지만, 지금은 무려
260명이 넘는 아이들이 살고 있는 루사카 최대 규모의 고아
원으로 유명했다.

"앞으로 2주 동안 자네가 지내야 할 곳이야."

동시에 봉사 활동을 해야 하는 곳이다.

커쇼에게 명품 커브를 배우는 조건으로 레슨비 대신 봉
사 활동을 하기로 약속을 했으니까.

선천적 에이즈 감염자로 불행한 삶을 살고 있던 호프라
는 어린 소녀를 위해 설립된 희망의 집은 놀랍게도 어린 소

녀였던 호프가 현재 원장으로 260명이 넘는 아이들을 돌보고 있었다.

"안녕하세요."

다소 말라 보이는 작은 체구의 처녀, 호프는 굉장히 맑은 눈동자를 가지고 있었다.

에이즈 감염자지만, 꾸준히 치료를 받으며 살고 있었기에 정상적인 삶을 사는 덴 불편함이 없다고 했다.

"차… 척이라고 합니다."

인사를 하자 그녀가 맑게 웃으며 나를 잘 안다며 이야기를 했다.

커쇼로 인해 새로운 삶을 살게 된 그녀에게는 독실한 신앙심과 함께 절대적인 관심사가 딱 하나 있었는데, 그게 바로 야구였다.

"여기서도 메이저리그 경기는 볼 수 있답니다."

호프는 자신이 LA 다저스의 오래된 광팬이며, 동시에 나를 무척이나 응원하고 있다고 했다.

희망의 집에서 지내는 2주 동안 어떻게 지내면 되는지에 대해서 호프는 자세하게 설명을 해주었다.

딱히 조심해야 할 부분은 없었고 내가 하지 말아야 할 행동도 없었다.

부탁이라며 한 말이라고는 아이들과 친하게 지내며 재밌

게 놀아주기만 하면 된다는 거였다.

그리고 또 하나.

"야구를 말입니까?"

"예."

웃는 얼굴로 고개를 끄덕인 호프가 말을 이었다.

희망의 집 아이들 특히 남자 아이들은 하나같이 공통된 꿈을 가지고 있다고 했다.

바로 야구 선수가 되어서 메이저리거가 되는 것.

커쇼의 영향이었다.

남자 아이들은 커쇼처럼 훌륭한 메이저리거가 되어서 성공하고 싶고, 자신의 성공만큼 또 다른 아이들에게 베풀고 싶다는 소중한 꿈을 가지고 있다고 했다.

내가 아닌 우리를 위한 삶.

희망의 집 아이들은 작은 가슴 속에 아프리카 태양만큼 뜨거운 감정을 품고 있었다.

호프와의 만남을 마치고 밖으로 나오니 아이들의 웃음소리가 들렸다.

무슨 일인가 싶어서 창밖을 바라보니 그곳에는 거인처럼 큰 커쇼가 환하게 웃으며 아이들과 뒤엉켜서 뛰어놀고 있었다.

"봉사는 누군가를 위해 헌신하는 일이 아니야. 나 자신을, 내 영혼을 정화시키기 위한 일이지. 누군가를 돕기 위해 봉사를 한다는 마음, 누군가에게 내 선행을 보여주기 위해 하는 봉사, 어떠한 이득을 계산해 두고 이뤄지는 봉사는 진정한 봉사가 아니고 그런 마음을 가지고 있는 사람들에게는 아이들이 결코 쉽게 마음의 문을 열어주질 않아. 내가 진실된 마음으로 내 자신의 영혼을 치유하고 정화시키기 위해 아이들에게 내가 도움을 바랄 때, 진정으로 아이들이 내게 마음의 문을 열게 되어 있어."

비행기 안에서 했던 커쇼의 말이 떠올랐다.

사람들은 커쇼에게 메이저리그 역사에 남을 위대한 선행을 베푼 선수라고 칭찬한다.

하지만 커쇼의 선행은 은퇴와 동시에 더욱더 적극적으로 변했고, 무척이나 광범위해졌다.

아프리카에 설립된 아이들을 위한 교육 시설과 고아원이 무려 13곳이었고, 미국과 기타 다른 국가에도 수십 개가 넘었다.

"나는 줄 수 있는 모든 것을 다 주고 떠난 선수로 기억되고 싶다."

비미국인중 최초로 메이저리그 명예의 전당에 헌액이 되었으며, 중남미 출신 모든 선수들의 경의를 받는 피츠버그 파이리츠의 영구결번인 21번의 주인공, 로베르토 클레멘테(Roberto Clemente)의 명언처럼 커쇼 역시도 같은 뜻을 가지고 있다고 했다.

"척! 이쪽으로 와!"

창밖에서 커쇼가 날 향해 손을 흔들고 있었다.

주변 아이들은 낯선 사람에 대한 경계심보다는 호기심이 넘치는 눈으로 날 쳐다보고 있었다.

호기심 넘치는 눈으로 날 보고 있는 아이들 대부분이 부모를 잃고 질병에 시달리다 겨우 구제를 받았을 정도로 깊은 아픔을 간직하고 있었지만, 얼굴 어디에도 어두운 구석이 보이질 않았다.

모두 커쇼의 노력 덕분인 거다.

"내게 커브를 배우기 싫은 거야?"

커쇼의 말에 내가 피식 웃고 말았다.

레슨을 시작하기도 전에 레슨 비용부터 지불하라는 건가?

"갑니다!"

딱 2주.

후회 없이 보내기로 작정했다.

　　　　　*　　　　　*　　　　　*

　일주일이라는 시간이 화살처럼 지나갔다.

　하루에 3시간.

　커쇼에게 12−to−6커브를 배우는 시간은 3시간을 넘기지 못했다.

　260명이 넘는 아이들에게도 신경을 써야 하니 당연한 일이었다.

　아무리 일하는 사람들이 있다 하더라도 내 훈련만을 위해 커쇼가 모든 시간을 할애하기란 불가능한 일이었고, 나역시 개인 훈련과 아이들에게 야구를 가르치다 보니 그 이상의 시간을 낼 수가 없었다.

　하루 3시간, 7일 동안 대략 21시간.

　그 시간 동안 커쇼에게 배운 12−to−6커브는 생각보다습득이 쉬운 편이었다.

　하지만 패스트볼 계열의 빠른 구속을 위주로 공을 던지던 버릇과 습관 때문인지 12−to−6커브 특유의 큰 포물선을 그리는 각도보다는 구속에 더 많은 비중이 쏠려서 커쇼나 나나 만족스럽다는 말 자체를 할 수가 없을 정도의 괴상한 커브가 던져지고 있었다.

"그런 어정쩡한 커브는 절대로 타자에게 먹히질 않아. 구속을 훨씬 더 줄이고 각을 크게 만들어야 해."

"생각보다 쉽지가 않습니다."

"당연히 쉽지 않지. 빠른 공을 던지는 투수에게 어느 날 갑자기 느린 공을 던지라고 하면 그게 쉽게 되겠어?"

던질 수야 있다.

문제는 그렇게 던진 공으로 인해 완전히 무너져 버린 밸런스는 물론, 제구력부터 시작해서 도미노 현상처럼 모든 것이 한순간에 망가져 버릴 수가 있다는 사실이다.

나와 커쇼 역시 그 부분을 우려해서 조급해하지 않으려고 했다.

보통 투수들은 제대로 된 변화구 하나를 경기에서 써먹을 정도로 손에 익히려면 1년 정도를 꾸준히 훈련해야만 한다.

그러니 당장 2주 동안 커쇼에게 12—to—6커브를 배워서 시즌 후반기에 써먹겠다고 생각을 한 적은 한 번도 없었다.

더욱이 지금 현재 나는 12—to—6커브 이전부터 투심 패스트볼과 새로운 구종에 대한 연구를 계속해서 해오고 있었다.

현실적으로 3가지나 되는 새로운 공을 배우고 익힌다는 건 말이 되지 않는 욕심이다.

자칫 모든 걸 다 망쳐 버릴 치명적인 위험성마저 있는 셈이다.

현재 투심 패스트볼의 경우 시즌 후반기에는 시합에서 사용할 수 있을 정도로까지 도달했기에 앞으로 1주일 후에 LA로 돌아가면 다른 것들을 다 잊고 오직 투심 패스트볼 컨트롤 조정에만 신경을 써야 한다.

애초부터 커쇼를 따라서 이곳 아프리카까지 온 이유는 12-to-6커브를 던지는 방법과 그만의 노하우를 얻기 위함이고, 커쇼 역시 투수이기에 내 목적을 누구보다 잘 알고 있었다.

다만, 너무 패스트볼 계열에 특화되어 버린 내 신체적 밸런스와 정신적인 부분의 문제가 심하다는 것뿐이었다.

"방법은 어차피 척, 네가 스스로 찾아야 해. 이건 어느 누구도 해결을 해줄 수 없는 부분이야. 공을 던지는 그 순간까지도 네 몸은 패스트볼에 익숙해져 있어. 그 익숙함을 버려야 해. 12-to-6커브는 단순히 완급 조절만으로 던질 수 있는 공이 아니야. 똑같은 투구 모션에서 전혀 다른 공을 던질 줄 알아야 하지."

커쇼의 말이 맞다.

이건 앞으로 내가 해결해야 할 나만의 문제다.

한 번 틀이 잡혀 버린 몸의 균형을 새롭게 잡는다는 건 굉장히 어려운 일이다.

때문에 오랜 시간과 노력을 들여 서서히 아주 조금씩 틀을 새롭게 짜 맞춰야 한다.

"오늘은 여기까지 하지."

커쇼의 말에 나 역시 고개를 끄덕였다.

"요즘 어딜 그렇게 바쁘게 다니시는 겁니까?"

3일 전부터 커쇼는 나에게 커브 레슨을 마치면 꽤 바쁜 사람처럼 외출을 했다.

"시장하고 해결해야 할 문제가 생겨서 말이야."

살짝 인상을 찌푸리는 커쇼의 모습에 희망의 집 문제로 루사카 시측과 어떠한 문제가 생겼음을 알 수 있었다.

"심각한 문제입니까?"

"아냐, 거의 다 해결되어 가고 있어. 아이들을 돈으로 바라보는 탐욕스러운 어른의 투정이라고 보면 돼."

신경 쓸 것 없다는 듯 그렇게 말하고 커쇼는 몸을 돌리다가 할 말을 잊었다는 듯 날 돌아봤다.

"잊을 뻔했네. 점심시간 전에 엘렌과 함께 자원 봉사자들이 올 거야."

"예? 갑자기 무슨……."

내가 뭐라고 묻기도 전에 커쇼는 급하게 사라졌다.

엘렌이라면 커쇼의 아내다.

커쇼를 자원 봉사의 세상으로 끌어들이고, 새로운 눈을 뜨게 만들어 준 천사와 같은 여인이다.

항상 아내에 대한 이야기를 하는 커쇼였기에 두 사람에 대한 사랑이 얼마나 진실한지 매번 느낄 수 있었다. 그런 엘런을 만날 수 있다는 생각에 살짝 기대감이 들었다.

홀로 개인 훈련을 충분히 한 이후 깨끗하게 몸을 씻고 아이들에게 야구를 가르칠 때였다.

버스 한 대가 모습을 드러냈다.

버스의 모습이 익숙한 아이들은 곧바로 환호성을 지르며 버스를 향해 달려갔다.

버스가 멈춰서고 문이 열리면서 가장 먼저 금발 머리의 환한 미소가 무척이나 아름다운 30대 후반의 여인, 엘렌 커쇼가 자신을 향해 달려드는 아이들을 향해 양팔을 활짝 벌렸다.

엘렌 커쇼가 아이들과 포옹을 하며 인사를 하는 동안 버스에서 사람들이 하나둘 내렸다.

대부분 젊은 남녀들이었고, 미국인들이 주를 이루고 있었다.

그리고 가장 마지막에 버스에서 내린 사람이 내 시선을 단박에 사로잡았다.

긴 갈색 머리카락을 뒤로 묶고, 화장기 없는 맨얼굴로 간

편한 티셔츠와 청바지를 입은 모습 자체가 한 폭의 화보와
도 같은 아름다운 여자.

"안젤라?"

이탈리아에서 화보 촬영 중이라고 했던 안젤라가 분명했
다.

안젤라로 보이는, 아니 안젤라가 확실한 그녀에게 아이
들이 다가갔고, 그녀는 아이들을 향해 환하게 웃어주며 일
일이 포옹을 해주었다.

너무나도 자연스럽고도 익숙해 보이는 모습이었다.

그렇게 아이들과 인사를 하고 난 그녀가 나를 바라보고
는 빙긋 웃었다.

어제 통화를 할 때까지만 하더라도 분명 그녀는 이탈리
아라고 했었다.

세계적인 명품 브랜드의 화보 촬영 중이라고 했다.

그런데 갑작스럽게 하루 만에 아프리카에서 그녀를 보게
될 줄이야.

"어떻게 된 거예요?"

내 물음에 안젤라가 미안하다는 듯 대답했다.

"척에게 미리 말을 하지 못해서 정말 미안해요. 설마 화
가 났나요?"

아이들을 향해 환하게 미소를 짓던 안젤라의 표정은 어

디에도 없었다.

잘못을 한 아이처럼 긴장한 표정으로 날 바라보는 안젤라의 모습에 나는 고개를 저었다.

"화가 났다기보다는 어째서 안젤라가 지금 여기에 온 건지 그게 궁금할 뿐이에요."

"그건……."

"제가 대신 말을 해도 될까요?"

커쇼의 아내, 엘렌이 우리 사이에 끼어들었다.

"간단하게 설명해서 지금까지의 모든 상황이 제가 계획한 일이라고 한다면 믿을 수 있겠나요?"

"예?"

계획한 일이라고?

"그게 무슨 말입니까? 혹시, 커쇼 선배님이 날 찾아온 이유부터 절 아프리카에 데리고 온 모든 것들이 부인의 뜻이라는 겁니까?"

"맞아요."

고개를 끄덕이는 엘렌의 말에 나는 갑자기 혼란스러워졌다.

커쇼가 갑자기 날 찾아온 것부터 좀 의아스럽긴 했었다.

바쁜 시간을 일부러 쪼개가며 날 찾아왔고, 군이 아프리카까지 날 데리고 가려고 했던 것도 생각해 보면 좀 이상한 일이긴 했었다.

그런데 이 모든 상황을 엘렌이 계획했다니.

"자세하게 설명을 요구하고 싶습니다."

나쁜 의도는 없다 하더라도 누군가의 계획에 의해 내가 조종당했다고 생각하니 기분이 썩 좋지는 않았다.

그 대상이 아무리 커쇼와 엘렌이라 하더라도 말이다.

"물론 설명을 해드려야죠. 그 이전에 우선 자리부터 옮길까요?"

엘렌의 말대로 자리가 좋지 않았다.

아이들이 무슨 일인가 싶어 우리를 관심 있게 쳐다보고 있었으며, 자원 봉사를 온 봉사자들 또한 두 눈에 깊은 호기심을 드러내고 있었으니까.

"예."

내 대답에 엘렌은 고맙다는 듯 웃어주고는 곧바로 자원 봉사자들에게 다가갔다.

무슨 말을 하는 건지 굳이 듣지 않아도 알 수 있었다.

그 사이 안젤라가 조심스럽게 내 손을 잡아왔다.

"척. 혹시 기분 나쁜가요?"

"솔직히 말해서 좋다고는 할 수 없을 것 같아요."

"이해해요. 하지만 진심으로 척에게 나쁜 의도를 가지고 거짓말을 했던 건 아니에요. 그리고 정말로 난 어제까지만 하더라도 이탈리아에서 화보 촬영을 하고 있었어요."

"안젤라가 날 기만하려고 했다고는 생각하지 않아요. 다만, 지금 상황이 너무 갑작스럽고 혼란스러울 뿐이에요. 그러니까 너무 긴장한 표정으로 서 있을 필요 없어요."

내 말에 안젤라는 그제야 한결 나아진 표정으로 나를 향해 희미하게 웃어 주었다.

"봉사 활동은……."

"안으로 들어갈까요?"

엘렌이 다가와 그렇게 물었고, 나는 안젤라에게 하려던 말을 잠시 뒤로 미뤄야만 했다.

엘렌을 따라서 건물 안으로 들어간 나와 안젤라는 곧바로 얼굴 가득 기쁨의 미소를 지으며 다가온 호프로 인해 잠시 시간을 할애해야만 했다.

모녀 사이라고 해도 좋을 정도로 엘렌과 호프는 사이가 깊었다.

그리고 놀라운 건 호프와 안젤라 역시도 꽤 친한 사이라는 사실이었다.

이것으로 확실해졌다.

안젤라는 이곳 희망의 집에 한두 번 온 게 아니었다.

대충 어떻게 된 상황인지 고민하는 사이 아무런 훼방도 없는 대화를 나눌 수 있게 되었다.

"좀 설명이 길 수도 있지만, 이렇게 자리가 마련되었으니 차근차근 대화를 나누도록 하죠."

"바라던 바입니다."

엘렌은 나를 향해 빙긋 웃고는 설명을 시작했다.

"가장 궁금한 부분부터 말을 해주죠. 당신이 가장 궁금한 건 역시 여자 친구인 안젤라에 대한 이야기겠죠?"

"편하게 척이라고 부르셔도 됩니다."

"그렇게 할게요, 척. 안젤라는 벌써 4년 동안 이곳을 찾아오며 봉사 활동을 하고 있어요."

4년 동안?

내가 놀라서 안젤라를 바라보니 별것 아니라는 표정으로 웃고 있었다.

엘렌은 안젤라를 사랑스럽게 바라보며 입을 열었다.

"안젤라는 정말 아름다운 외모만큼이나 마음도 아름다운 여자죠. 단언하건데 척은 정말 좋은 여자 친구를 만난 거예요. 물론, 내 말은 아직까지는 척보다는 안젤라를 더 잘 알고 있으니 하는 말일 뿐이에요. 그러니까 비교를 당했다고 섭섭하게 생각하진 말았으면 해요."

"조금도 섭섭하지 않습니다."

"이해해 줘서 고마워요. 남편은 척을 무척이나 관심 있게 지켜보고 있었죠. 자신을 뛰어넘을 수도 있는 위대한 투수가 LA 다저스의 유니폼을 입고 있다는 사실을 굉장히 기뻐했어요. LA 다저스에 대한 남편의 사랑은 정말 못 말릴 정도거든요. 어쨌든 그런 척이 안젤라와 만난다는 사실을 알곤 내가 한 가지 꾀를 냈죠. 우리 부부의 뒤를 이을 새로운 커플을 만들어 보자는 생각이었어요."

이제야 모든 것이 명확해졌다.

"알 것 같습니다."

커쇼의 뒤를 충분히 잇다 못해 뛰어넘을 수도 있는 가능성을 가진 LA 다저스의 투수.

17살 때부터 아프리카에 봉사 활동을 다닐 정도로 따뜻한 마음을 가진 젊고 아름다운 여자.

커쇼와 엘렌은 과연 내가 자신들처럼 아름다운 선행의 길을 갈 수 있을지 확인하고 싶었던 거다.

물론, 미끼가 너무 훌륭했다.

메이저리그 최고의 투수였던 커쇼가 던졌던 최강의 커브를 미끼로 날 낚았으니까.

대충 상황이 정리가 되자 문득, 어째서 일주일이 지난 지금에서야 엘렌과 안젤라가 나타났을까 하는 생각이 들었다.

안젤라야 모델 활동을 하느라 바쁘다고 하더라도 항상 커쇼와 함께 봉사 활동을 다녔던 엘렌이 일주일이나 늦게 이곳에 왔다는 게 의문스러워졌다.

"한 가지 묻고 싶습니다. 일주일이라는 시간이 제겐 시험의 시간이었던 겁니까?"

내 물음에 엘렌은 담담하게 고개를 끄덕였다.

"척의 마음을 확인해 볼 필요는 있었죠. 이쪽 일은 누가 억지로 시킨다고 할 수 있는 일이 아니거든요. 진심. 그것이 필요한 일이죠. 기쁘게도 남편이 내게 말해주더군요. 척은 진심으로 아이들을 돌봐주고 있다고."

"만약 진심이 없었다면 어떻게 되는 겁니까?"

"인연이 아니라 생각할 뿐이죠. 남편과 나는 척을 LA 다저스의 미래를 이끌어 나갈 희망적인 에이스라 보고 있어요. 그 사실만으로도 남편과 나는 척을 응원할 거고, 마땅히 팬이 되어줄 거예요. 봉사 활동은 별개의 문제일 뿐이죠. 물론, 아쉬움은 남았을 테죠."

엘렌의 말에 나는 더 이상 아무 말도 하지 않았다.

타인의 잣대에 맞춰져서 시험을 당했다는 사실이 기분 나쁜 건 사실이지만, 커쇼 부부의 행동을 욕할 순 없었다.

커쇼 부부는 어떠한 자신들의 이익을 추구하기 위해서가 아니라 가엾은 아이들의 미래를 위해 내 진심을 확인해 보고 싶었을 뿐이다.

"미안해요. 척의 기분이 어떨지는 충분히 이해가 가요.

하지만 고통받는 아이들을 위해서라면 척에게 몇 번이고 사죄할 수 있어요."

진심으로 미안해하는 엘렌의 모습에 나는 알겠다는 듯, 이해한다는 듯 고개를 끄덕였다.

생각해 보면 그냥 넘어갈 수도 있는 부분이었다.

안젤라가 어째서 이곳에 왔는지만 설명하면 될 일이었다.

그럼에도 군이 내게 모든 사실을 털어놓고 사죄를 해왔으니 내 입장에서는 찜찜함을 느끼지 않아 좋았고, 엘렌으로서는 뒤끝을 남기지 않아 개운할 것 같았다.

내 기분이 살짝 풀어졌다는 걸 확인한 엘렌은 안젤라와 단둘이 대화를 나누라는 뜻으로 조용히 방을 나갔다.

엘렌이 나가자 곁에 앉아 있던 안젤라가 내 손을 따뜻하게 감싸 안았다.

"기분이 좀 풀렸나요?"

"나쁜 뜻으로 한 행동이 아니니 내가 여기서 더 화를 내고 기분만 상해 있으면 나만 꼴이 우습게 되잖아요. 기분이 풀리지 않았어도 안 그런 척하고 있어야 하질 않겠어요?"

내 말에 안젤라가 빙긋 웃더니 갑자기 내 입술에 자신의 입술을 포개왔다.

촉촉한 입술의 감촉과 코끝으로 전해지는 아찔한 향기가

내 머릿속을 찌릿하게 만들었다.

짧은 입맞춤이 끝나고 안젤라가 내게 말했다.

"여기 아이들은 우리가 하찮게 여기는 것들에 크게 감사하고, 웃음 지으며 행복해하죠. 난 그런 아이들에게 내가 해줄 수 있는 것들이 많다는 사실이 너무 기뻐요. 솔직히 난 척도 나와 같은 감정을 공유했으면 좋겠어요."

"만약, 내가 안젤라와 뜻이 다르다면 어떻게 하려고 했죠?"

내 물음에 안젤라가 그게 무슨 문제냐는 듯 너무나도 간단하게 대답했다.

"당연히 고치도록 해야죠."

"그게 쉽지 않으니까 문제죠."

"쉽지 않겠죠. 하지만……."

잠시 말을 멈춘 안젤라가 살짝 붉어진 얼굴로 말을 이었다.

"내가 사랑하는 사람이고, 어쩌면 평생을 함께할지도 모르는 사람이잖아요."

"……."

"나와 척은 많은 사람들에게 응원을 받으며 그 사랑으로 윤택한 삶을 살 수 있는 거잖아요? 난 우리가 가진 것들을 반드시 누군가에게 베풀어야 한다고 생각해요. 남들보다 좋은 집에 살며, 좋은 차를 타고, 좋은 음식을 먹는 것도 좋지만… 그건 한순간일 뿐이잖아요? 불편 없이 살면서 많은 아이들을 돕는다면 그것만큼 큰 마음의 행복은 없다고 봐요. 난 오래전부터 그렇게 살고 싶다고 꿈꾸고 있었어요. 이런 내 꿈이 싫은가요?"

싫을 리가.

다만, 나와 같은 나이의 안젤라가 이런 생각을 하고 있다는 게 의외일 뿐이었다.

"좋아하시겠네요."

"무슨 말이에요?"

"우리 부모님이 안젤라를 좋아하겠다고요."

"정말요?"

활짝 웃으며 기뻐하는 안젤라의 모습을 보니 나 역시 불쾌하고 찝찝했던 기분이 씻은 듯 사라져 버렸다.

늦은 오후가 되어서야 돌아온 커쇼는 그 누구보다도 엘렌에게 달려가 결혼 17년 차 부부로서는 보이기 쉽지 않은 닭살 애정으로 주변 자원 봉사자들의 눈총을 샀다.

엘렌과의 애정 행각을 마치고 나서야 커쇼는 봉사자들과 일일이 인사를 나누었고, 마지막으로 안젤라와 따뜻하게 포옹을 하며 친분을 과시했다.

모두와 인사를 마치고 나서야 커쇼가 나를 불러 엘렌과 똑같은 진심 어린 사과를 했다.

엘렌과 안젤라로 인해 마음이 다 풀어져 있었기에 커쇼의 사과를 쿨하게 받아들였다.

"이제야 마음 한구석에 웅크리고 있던 찝찝한 기분을 털어낼 수 있게 됐군. 하하하!"

사과를 받아주자 커쇼가 밝게 웃었다.

이후, 다 같이 모여 저녁을 먹었다.

희망의 집에 와서 유일하게 날 괴롭히는 것이 음식이었다.

"입에 잘 맞지 않아요?"

"아무래도……."

아프리카의 음식이 주를 이루고 있었기에 내 입에는 당연히 맞을 수가 없었다.

처음에는 커쇼와 호프가 내 입을 생각해서 루사카 내에 존재하는 음식점들을 통해서 최대한 맞는 음식들을 찾아주려고 했지만, 나 혼자 따로 음식을 먹는다는 건 아무래도 아닌 것 같아 사양을 해야만 했다.

그런데 일주일이 지나자 이제는 한계 상황에 도달해 가고 있는 중이었다.

억지로 음식을 먹던 내 모습을 가만히 바라보던 안젤라

가 커쇼와 엘렌에게 다가가 뭐라고 말을 하기 시작했다.

커쇼와 엘렌이 날 바라보며 웃더니 고개를 끄덕였다.

안젤라가 다시 자리로 돌아오더니 내 손을 잡고는 일으켰다.

"일어나요."

"예?"

안젤라는 주변 눈치를 살피는 행동을 보이고는 날 끌고는 식당 밖으로 나갔다.

"지금이 비시즌도 아니고 시즌 중인데 문제라도 생기면 어쩌려고 그래요?"

미간을 찌푸리며 나를 향해 화를 내는 안젤라의 모습에 적지 않게 당황할 수밖에 없었다.

"아무리 좋은 뜻을 가지고 있어도 제 몸 하나 돌보지 못하는 사람이 누굴 돌볼 수 있다는 거예요?"

"그게……."

궁색한 변명조차 제대로 하지 못하는 내 모습에 안젤라가 작게 한숨을 내쉬고는 다시금 내 손을 잡고 커쇼가 타고 다니던 차를 향해 걸어가기 시작했다.

"안젤라, 어디 가요?"

"밥 먹으러 가야죠."

"예?"

"뭐해요? 어서 타요."

어느새 운전석에 앉아서 시동을 걸고 있는 안젤라였다.

조수석에 앉자 안젤라가 곧바로 엑셀을 밟으며 차를 몰았다.

*   *   *

"맛있어요?"

안젤라의 물음에 그제야 정신을 차렸다.

순간적으로 안젤라조차 잊고 음식을 흡입한 모습이 얼마나 추하게 보였을까 싶은 마음에 쥐구멍이라도 있으면 숨고 싶었다.

"나랑 약속해요."

"무슨 약속이요?"

"절대 무슨 일이 있어도 먹는 건 잘 먹겠다고 나랑 약속을 해줘요."

"지금이야 상황이 좀 그러니까 그렇지 평소에는 정말 잘 먹고 있어요. 그러니까 걱정하지 마요."

"나는 어떤 상황에서도 척이 잘 먹었으면 하는 걸 약속해 달라는 거예요. 척은 운동선수예요. 그것도 한창 많은 에너지를 소모하는 시기라고요. 그런데 상황이 달라졌다고 먹는 걸 소홀히 한다는 게 말이 된다고 생각해요? 그러다가 몸에 문제라도 생기면 그땐 어떻게 할 거예요? 난 척이 적당히 쉬면서 운동을 하는 것도 나쁘지는 않다고 생각해요. 하지만 척은 절대 그렇게 생각하지 않잖아요?"

"프로는 성적으로 자신의 가치를 증명하니 적당히라는 말은 용납할 수가 없죠."

"그러니까 하는 말이에요. 내일부터 식사는 무조건 여기서 하는 거예요? 알겠죠?"

"하지만 다른 사람들 보는 눈도 있고……."

"척은 다른 사람들과 다르잖아요? 당장 2주 후면 시즌 후반기가 시작되는데 몸 관리를 철저하게 해놔야죠. 그런 척에게 욕을 하는 사람이 있다면 그건 그 사람의 생각이 그만큼 짧은 거니까 그러라고 내버려 둬요. 남들 시선을 생각하면서 살면 세상을 어떻게 살아요?"

안젤라의 꾸짖음에 나는 아무런 말도 할 수가 없었다.

"약속한 거예요? 알았죠?"

대답을 강요하는 안젤라로 인해 어쩔 수 없이 그러겠다고 말했다.

"안젤라는 항상 이 시기에 봉사 활동을 왔나요?"

"모델 활동을 시작하면서부터는 딱히 정해진 시기가 없어졌어요. 시간이 좀 난다 싶으면 그때그때 2, 3일이라도 아이들을 만나려고 노력을 하고 있죠."

"그렇군요. 며칠 후에 다시 돌아가려고요?"

내 물음에 안젤라가 수줍게 웃으며 대답했다.

"척과 함께 일주일 후에 돌아가려고요."

"바쁘지 않아요?"

"바쁘죠. 그런데 2주 정도 휴가를 받았어요."

"2주요? 그럼 설마 나와 함께 돌아간다는 뜻은 LA로 간다는 말인가요?"

"맞아요. 이곳에서 일주일, 그리고 LA에서 일주일."

2주나 되는 긴 시간 동안을 안젤라와 함께 할 수 있다니 기쁜 일이었지만, 바쁜 안젤라가 2주씩이나 휴가를 받았다는 건 그 이후의 후유증이 분명 크다는 뜻이었다.

"어떤 대가를 치러야 하는 휴가인가요?"

안젤라가 왜 그렇게 눈치가 빠르냐는 듯 날 가볍게 째려봤다.

"물으니까 대답을 할 수밖에 없네요. 사실, 이번 휴가가 끝나면 곧바로 오스트레일리아로 떠나요."

오스트레일리아, 즉 호주로 떠난다는 소리에 곧바로 그 이유를 알 수 있었다.

"지에이치 3편에 출연하기로 했군요?"

"맞아요. 제 역할은 그리 많지 않지만 영화사에서는 대략적으로 6개월 정도는 다른 스케줄을 잡을 수 없다고 하더군요. 그래서 하는 말인데… 아마도 6개월 동안은 척을 만날 수 없을 것 같아요."

말을 하며 미안해하는 안젤라였다.

6개월.

분명 짧다면 짧은 시간이지만, 길다고 생각하면 무척이나 긴 시간이기도 했다.

대략적으로 1월 말까지는 촬영을 하고 2월에야 돌아올 수 있다는 뜻이었다.

'하필이면⋯⋯.'

야구 선수에게 자유로운 휴식이 주어지는 시기는 12월부터 1월 중순까지다.

1년 중 고작 1달하고도 보름 정도의 시간만이 자유로운 휴식기다.

1월 중순이 지나면 전지훈련이 시작되면서 다시 11월까지 빠듯한 스케줄을 소화해야만 한다. 물론, 포스트 시즌에 출전하지 못하면 10월 중순부터 적당한 휴식기가 시작된다고 하지만 어떤 야구 선수도 포스트 시즌 출전을 배제하진 않으니 실질적으로 11월까지는 모든 스케줄을 야구에만 맞춰서 계획을 짠다.

이런 짧은 휴식기에 안젤라를 만날 수 없다는 사실은 분명 치명적이다.

특히, 안젤라가 6개월이라는 긴 촬영을 마치고 돌아오는 2월은 내게 있어 무척이나 중요한 시기라 마음 놓고 그녀를 만날 여유가 있을 수가 없었다.

결과적으로는 다시 시즌이 끝나기만을 기다려야 한다는 뜻인데.

과연 시간적으로 엇갈리는 우리 두 사람의 사이가 튼튼하게 유지가 될까?

솔직히 불안하지 않다고 말하면 거짓말이다.

그래도 안젤라 앞에서는 아무렇지 않은 척, 잘됐다는 표정으로 축해해 줬다.

하지만 내 축하 인사에 어떤 우려와 걱정이 담겨져 있는지 안젤라는 알고 있는 듯싶었다.

분위기가 가라앉으려는 걸 억지로 일으켜 세우기 위해 나는 샴페인을 주문했다.

"술 먹으려고요?"

깜짝 놀라는 안젤라의 물음에 나는 고개를 저었다.

"좋은 일이니까 샴페인을 터뜨려야죠. 아쉽지만 먹는 건 다음으로 미룰게요."

주문한 샴페인을 터뜨리며 그녀가 출연하는 영화가 다시 한 번 전 세계적으로 흥행에 성공하길 기원했고, 덩달아 그녀의 새로운 도전 또한 순탄하게 이어지길 바랐다.

식사를 마치고 식당을 나오니 날이 완전히 저물어 있었다.

그래도 한 나라의 수도답게 해가 저물었음에도 길거리 곳곳에 세워진 가로등과 건물과 간판들로 인해 짙은 어둠은 찾아볼 수가 없었다.

"좀 걸을까요?"

"좋죠!"

내 제안에 안젤라가 기다렸다는 듯 웃는 얼굴로 내게 팔짱을 끼었다.

다정하게 팔짱을 끼고 거리를 걸었다.

잠비아의 수도 루사카는 나무와 꽃이 많아 따로 화원의 도시라 불렸는데, 그중에서도 카이로 로드는 나무와 잔디 등으로 굉장히 멋스럽게 잘 꾸며져 있어 산책을 하기엔 더할 나위 없이 좋은 환경을 갖추고 있었다.

산책을 하며 안젤라와 끊임없이 대화를 나눴다.

한국은 어떤 곳인지, 가족들은 어떤 사람인지 등등 안젤라는 나에 대한 것들을 하나라도 빼놓지 않고 알고 싶어 했다.

"안젤라는 뉴욕이 집이라고 했죠?"

"맞아요. 5살 때부터 메리 이모네 집에서 살았어요. 태어난 곳도 뉴욕이니 내겐 뉴욕이 고향이죠."

"이모요?"

부모님이 아닌 이모라는 소리에 내가 살짝 의문을 표하자 안젤라가 곧바로 말을 했다.

"5살 때 부모님은 사고를 당하셨어요. 교통사고였는데 아버지는 그 자리에서 목숨을 잃으셨고, 어머니는 2년간 병원 신세를 지다가 결국 돌아가셨죠."

"아……."

내가 어떤 말을 해야 할지 몰라하는 사이, 안젤라가 웃으며 날 바라봤다.

"메리 이모는 내게 엄마나 다르지 않아요. 내가 기억하는 아빠의 모습은 흐릿한 모습뿐이고, 7살 때 세상을 떠난 엄마에 대한 기억도 산소 호흡기에만 의지한 상태로 말 한마디 하지 못하는 상태였으니까요. 덕분에 메리 이모는 결혼도 못 하고 날 떠맡아 키웠죠. 사실 나 때문에 결혼도 못 한 메리 이모를 생각하면 항상 미안한 마음뿐이에요."

"이모가 혼자서 안젤라를 키웠으면 무척이나 힘들었겠네요."

"그렇죠. 그래서 지금이라도 좋은 남자를 만나서 행복하게 살았으면 하는데 그게 쉽지 않은 모양이에요."

23살의 나이에 조카를 키웠다고 했다.

안젤라의 미모가 어느 쪽에 뿌리를 두고 있는지 확실하

게 알 수 있을 정도로 핸드폰에 저장된 메리 이모의 외모는 무척이나 아름다운 여자였다.

무엇보다 놀라운 건 메리 이모의 직업이었다.

"사진작가라고요?"

"그렇게까지 유명한 사진작가는 아니에요."

"안젤라가 모델이 된 이유가 메리 이모 때문이기도 하겠군요?"

"솔직히 어느 정도는 영향을 끼쳤다고 봐야겠죠."

이모의 손에 키워졌음에도 밝고 건강하게 자란 안젤라가 더욱 대단하게 보였다.

한국 나이로 치면 고작 17살의 나이에 아프리카에 봉사 활동을 올 정도면 메리 이모의 성품이 어떤지는 굳이 묻지 않아도 알만했다.

"그래서 하는 말인데, 혹시 나중에 뉴욕으로 원정 경기를 오게 된다면 메리 이모와 함께 식사를 할 수 있을까요? 척을 무척이나 궁금해하고 있거든요."

조카를 위해 헌신했을 메리 이모를 생각하면 처음으로 생긴 남자 친구에 대한 호기심과 경계심은 당연한 일이었다.

"그렇게 하죠. 시간이 되면 나도 꼭 메리 이모를 만나보고 싶네요."

"약속하는 거죠?"

"예."

이후, 안젤라의 제안으로 즉흥적으로 영화 한 편까지 보고 나서야 희망의 집으로 돌아갔다.

데이트는 잘 즐겼냐며 묻는 커쇼를 피해서 나는 훈련을 시작했고, 안젤라는 엘렌, 호프와 간단하게 대화를 나누다가 내가 훈련하는 모습을 지켜보기 위해 밖으로 나왔다.

피곤했을 텐데도 내가 훈련하는 걸 끝까지 지켜보고 나서야 안젤라는 잠을 자러 들어갔다.

*　　　　*　　　　*

새벽에 일어나 개인 훈련을 하고, 아침을 먹기 직전 안젤라와 가볍게 산책을 하고, 아침 식사 후에는 커쇼에게 레슨을 받고, 이후엔 아이들에게 야구를 가르치거나 함께 놀아주다 점심을 먹기 위해 안젤라와 함께 식당으로 향했다.

아쉽게도 식당에서 밥을 먹는 건 나 혼자였다.

안젤라는 아침부터 저녁까지 모두 아이들과 함께 먹었다.

둘이 들어와 혼자 밥을 먹기가 민망해서 함께 먹길 권하니.

"척은 시즌 중의 프로 선수니까 당연히 몸에 맞는 음식을 먹어야 하지만 나는 봉사 활동이라는 분명한 목적을 두고 온 사람이잖아요. 그런데 내가 밖에서 따로 좋은 음식을 먹는다는 건 있을 수 없는 일이죠."

자신은 봉사 활동을 하기 위해서, 나는 어디까지나 커브를 배우기 위해서라는 안젤라의 주장에 결국 묵묵히 식당에서 입에 맞는 음식을 먹을 수밖에 없었다.

이전까지는 점심을 먹고 나면 개인 훈련을 하다가 틈틈이 아이들과 놀아주거나 일손이 필요한 일에 도움을 줬지만, 안젤라가 오고 나서는 그녀와 함께 행동했다.

대신, 저녁을 먹고 나면 온전히 나만의 개인 훈련 시간을 가졌다.

무엇보다 엘렌과 자원 봉사자들이 오면서 한결 시간적인 여유가 생긴 커쇼와 파트너가 되어 가볍게 캐치볼을 하거나, 이런저런 코칭을 해주는 것이 또 하나 달라진 점이었다.

그렇게 하루, 이틀이 빠르게 지나갔고 약속했던 시간이 모두 흘렀다.

돌아가는 길은 안젤라를 비롯해서 몇몇 자원 봉사자들과 함께였다.

커쇼는 내게 빠르게 던지는 습관을 버려야만 진정한 12─to─6커브를 던질 수 있게 될 거라며 신신당부를 했다.

애초부터 내년 시즌을 목표로 익힌 12—to—6커브였기에 조급해하지 않았다.

2주간의 짧은 시간 동안 내가 알아야 할 부분들은 충분히 익혔으니 아쉬움도 없었다.

의외로 떠나는 나를 향해 눈물을 짓는 아이들이 모습이 날 뭉클하게 만들었다.

나와 다르게 아이들은 내게서 야구를 배우고, 함께 즐겁게 놀다보니 든 정이 생각보다 깊은 듯싶었다.

다음에도 꼭 와달라는 아이들의 눈물 그렁그렁한 모습을 보고 있으니 저절로 코끝이 찡해졌고, 나도 모르게 그러겠다며 약속을 하고 말았다.

"착한 어른은 약속을 꼭 지킨답니다."

떠나는 내게 마지막으로 한 호프의 그 말이 여느 때보다도 무겁게 다가왔다.

비행기를 타고 한 번의 경유를 거쳐서 LA로 돌아오니 어느새 IBAF 챔피언스 리그 결승전을 앞두고 있었다.

"워싱턴 내셔널스와 요미우리 자이언츠의 결승이라니. 정말 의외네요."

20일부터 시작되는 IBAF 챔피언스 리그 결승전은 의외의 대결이 성사되었다.

위싱턴 내셔널스야 워낙 저력이 있는 구단이니 충분히 결승에 올라갈 만했지만, 요미우리 자이언츠는 깜짝 결승 진출이었다.

특히 8강과 4강에서 각각 세인트루이스 카디널스와 디트로이트 타이거스를 꺾는 이변을 연출해서 어쩌면 IBAF 챔피언스 리그 최초로 메이저리그의 구단이 아닌 다른 리그의 구단이 우승을 차지하는 이변을 일으킬지도 모른다는 전문가들의 예상까지도 있었다.

일본 프로 야구 최고의 명문 구단인 요미우리 자이언츠가 만약 위싱턴 내셔널스마저 꺾고 우승을 차지한다면?

메이저리그 구단들의 자존심에 엄청난 타격을 받게 될 테지.

자신들보다 하위 리그라 여기는 구단에게 우승을 빼앗기는 꼴이니까.

"척은 어느 팀이 우승할 것 같아요?"

소파에 나란히 앉은 안젤라가 TV에서 내게로 시선을 돌리며 물었다.

"요미우리 자이언츠가 만만한 팀은 아니지만, 그래도 위싱턴 내셔널스가 이기겠죠."

"그렇겠죠?"

전문가들의 예상이야 어디까지나 사람들의 흥미를 이끌

기 위함일 뿐이다.

과연 진심으로 요미우리 자이언츠가 우승할 거라 예상하는 이들이 과연 몇이나 될까 싶었다.

무엇보다 결승 1차전 워싱턴 내셔널스의 선발 투수는 다른 누구도 아닌 루카스 지올리토였다. 메이저리그에서도 최고라 평가를 받는 그가 요미우리 자이언츠 타자들을 상대로 승리를 거두지 못한다는 건 절대 쉽지 않은 예상이었다.

안젤라와 TV를 보며 오랜만에 편안한 휴식을 만끽할 때였다.

문이 벌컥 열리며 새카맣게 탄 형수가 요란스럽게 등장했다.

"지혁아~ 나 왔다!"

우렁찬 목소리로 입을 열었던 형수는 소파에 팔짱을 끼고 앉아 있는 나와 안젤라의 모습을 보더니 딱딱하게 굳은 표정으로 10여 초를 아무런 말없이 서 있다가 얼굴을 일그러트리며 말했다.

"내가 호텔로 가야겠지?"

Chapter 7

　─넘어갑니다! 넘어갔습니다! 요미우리 자이언츠의 이시다 타카시 선수, 이번 대회 6번째 홈런을 터뜨리며 모든 메이저리그 구단의 주목을 확실하게 받고 있습니다! 정말 대단하다는 말밖에 나오질 않습니다!

　─이번 챔피언스 리그에서 그 누구보다 인상적인 활약을 펼치고 있는 이시다 타카시 선수지요. 이번 대회 모든 타격 부문에서 자신의 이름을 최상위에 올리고 있으며, 벌써부터 트레이드와 이적 협상을 위해 다수의 메이저리그 구단이 움직이고 있다는 소문도 있으니 잘하면 내년에는 메이

저리그의 타석에 서는 걸 볼 수도 있겠군요.

　—반대로 어느 누구도 예상하지 못했던 최악의 투구 내용으로 4회 만에 강판을 당하고 마는 루카스 지올리토 선수입니다. 시즌 경기에서도 그렇고 오늘 경기도 그렇고 메이저리그 최정상 투수라고 말하기엔 부끄러울 정도로 많은 강판을 당하고 있습니다.

　—일각에서는 루카스 지올리토 선수의 노쇠화가 시작된 것이 아니냐는 말이 나오고 있을 정도로 올 시즌 여러모로 부진을 겪고 있죠.

　—33세의 루카스 지올리토 선수에게 벌써부터 노쇠화라는 건 조금 심한 말이 아닌가 싶습니다.

　—물론 그렇지요. 하지만 올 시즌에만 들어서 4이닝 이전에 대량 실점을 허용하며 강판을 당한 경우가 5번이나 되죠. 이 정도면 충분히 노쇠화가 시작됐거나, 기량에 문제가 생겼다고 봐도 무방할 것 같군요.

　—5번이나 됐습니까? 확실히 워싱턴 내셔널스 입장에서는 큰 걱정거리가 아닐 수 없을 것 같습니다. 키무라 타로의 타구가 우익수 호세 마르코 선수에게 잡히며 이닝이 종료됩니다. 현재 스코어는 6점 차 리드로 요미우리 자이언츠가 크게 앞서나가고 있습니다.

"와~ 저 정도면 지올리토도 완전 맛이 갔다고 봐야겠는데? 완전 막장이네. 막장이야."

형수가 고개를 절레절레 저었다.

누구도 쉽게 예상하지 못했던, 아니 할 수 없었던 일이 벌어졌다.

메이저리그 최정상의 투수라 불리며 올 시즌 3,500만 달러를 연봉으로 받는 워싱턴 내셔널스의 에이스 루카스 지올리토가 요미우리 자이언츠의 타자들을 상대로 4이닝을 넘기지 못하고 강판을 당하고 말았다.

3.2이닝 6실점.

충격적인 일이고, 자존심이 바닥으로 추락하다 못해 땅속 깊숙이 파고들어 갔다고 해도 과언이 아닐 정도로 치욕스러운 날이다.

이건 비단 루카스 지올리토만의 문제가 아니다.

워싱턴 내셔널스 타자들 또한 6점 차 리드를 빼앗기고 있었으니 세계 최고의 리그라 자부하던 메이저리그의 모든 구단들이 먹칠을 당한 것과 다르지 않았다.

"설마 워싱턴까지 요미우리에게 잡아먹히는 건 아니겠지?"

형수의 말에 나도 섣부르게 대답을 할 수가 없었다.

아직 결승 1차전이었지만, 이런 상황에서 무기력하게 워싱턴 내셔널스가 패배하고 만다면 2차전을 장담하기 힘들었다.

IBAF 챔피언스 리그는 세계 최고의 구단을 가리는 대회다.

단순히 운만 주어진다고 우승할 수 있는 대회가 아니었다.

세인트루이스 카디널스와 디트로이트 타이거스를 격파하고 결승까지 올라온 요미우리 자이언츠의 기세가 무서웠다.

설마했던 우려가 현실로 벌어질지도 몰랐다.

딱 10년째 되는 IBAF 챔피언스 리그는 오랜 역사와 전통은 없더라도 이미 세계적으로 상당히 유명해진 대회였고, 그 주목도가 가장 높은 야구 경기 중 하나였다.

당연히 대회 우승을 달성했을 때의 혜택은 말로 설명하기 힘들 정도로 컸다.

세계 최고의 구단이라는 상징성을 가지게 되니까.

그리고 1회 대회부터 9회 대회까지 모조리 메이저리그의 구단이 우승컵을 들어 올렸기에 거기에서 오는 자부심 또한 대단한 건 사실.

아무리 어른과 아이의 대결이라 폄하를 받고 있어도 메이저리그라는 자존심은 높을 수밖에 없었다.

그런데 고작 10년 만에 콧대 높은 메이저리그 구단들을 따돌리고 타 리그의 구단이 챔피언스 리그의 우승컵을 들어 올린다?

당장 메이저리그 사무국부터 길길이 날뛸 것이 뻔했다.

반대로 일본에서는 메이저리그의 구단들을 짓밟았다며 열광을 하겠지.

"이번 결승전은 아주 흥미진진하네."

육포를 질경질경 씹으며 형수가 키득거렸다.

"그런데 앞으로도 아프리카에 꾸준히 갈 거냐?"

형수의 물음에 나는 고개를 흔들었다.

"글쎄. 솔직하게 말하면 나도 잘 모르겠어."

"어쩌냐? 이미 기사는 대문짝만 하게 나와서 지혁이 네가 싫어도 억지로 가야 하는 상황이 벌어진 것 같은데."

"시간이 될 때 한 번씩 가는 것도 괜찮겠지."

내 대답에 형수가 피식 웃었다.

"실력도 그렇고 인성도 그렇고 언론에서 떠들어대는 것처럼 진짜 제2의 커쇼가 되고 말았네."

형수의 말에 나는 가볍게 웃고 말았다.

이번 잠비아 루사카, 희망의 집에 갔던 일이 언론을 통해 공개되었다.

LA 다저스에서 가장 관심이 집중된 나였으니 아프리카행

이 비밀리에 이뤄질 거라고는 생각조차 하지 않은 일이긴
했다.

덕분에 인터넷은 굉장히 시끄러웠다.

시즌 중 이뤄진 아프리카 봉사 활동, 안젤라와의 데이트
등이 겹치면서 사람들 사이에서 무척이나 뜨겁게 다뤄지고
있었다.

실상은 커쇼에게 12—to—6커브를 배우기 위해 아프리카
에 갔지만, 그 사실은 별로 중요하게 다뤄지지 않았다.

중요한 건 시즌 전반기를 통해 LA 다저스의 새로운 에이
스로 확실하게 자리를 잡은 차지혁이라는 어린 투수가 벌
써부터 아프리카로 봉사 활동을 떠나며 커쇼의 그림자를
따라가고 있다는 거였다.

덕분에 LA 지역 언론을 비롯해서 내게 우호적인 기자들
은 입에 침이 마르도록 칭찬을 하고 있었고, 팬들 또한 열
광적으로 나를 지지했다.

반대로 내 행동을 두고 이런저런 말을 하는 언론과 팬들
도 있었지만, 그들의 목소리는 작기도 했고 무엇보다도 우
호적인 언론과 팬들의 반응이 워낙 압도적이라 이렇다 할
주목을 받지 못했다.

문제는 언론과 팬들의 폭발적인 반응으로 인한 뒷일이었
다.

형수의 말대로 이제는 꼼짝없이 아프리카로 봉사 활동을 떠나야 할 상황이었다.

희망의 집을 떠나오면서 다시 갈 생각은 있었지만, 그 시기는 정확하지 않았다.

그런데 언론에서 시기를 정해 버린 거였다.

시즌이 끝나면 또다시 아프리카로 떠난다.

내 의사와는 상관도 없는 일방적인 스케줄이 잡힌 거다.

언론의 이런 보도를 가장 먼저 환영한 사람은 다른 누구도 아닌 커쇼였다.

전화를 해서는 구체적으로 날짜를 맞춰서 움직이는 게 좋지 않겠냐는 말까지 하며 날 곤란하게 만들었다.

그리고 나 못지않게 유명세를 타고 있는 사람은 안젤라였다.

무려 4년 동안 봉사 활동을 다니고 있다는 사실이 알려지면서 그녀에 대한 우호도가 급상승하고 있었다. 더불어 이번에 지에이치 3편에 출연이 확정됐다는 사실까지 덤으로 알려지며 그녀의 인기는 나날이 증가하고 있는 추세였다.

"나갈까요?"

일주일 동안 머물기로 한 방에서 안젤라가 나왔다.

활동하기 편안한 캐주얼 차림에 선글라스만 썼을 뿐인데, 멋진 화보의 한 장면 같았다.

소파에 앉아 있던 나는 미련 없이 자리에서 일어났다.

이변이 벌어지지 않는 이상, IBAF 챔피언스 리그 결승 1차전은 요미우리 자이언츠의 승리가 거의 확실해 보였으니 안젤라와의 데이트를 거절하고 TV 앞에 앉아 있을 이유가 전혀 없었다.

설령 박빙의 승부를 벌이고 있다 하더라도 앞으로 6개월 동안 영화 촬영에만 전념해야 하는 안젤라를 위해서라도 데이트를 거부해선 안 됐다.

"치사한 놈."

형수의 투덜거림을 뒤로하고 안젤라와 함께 집을 나와 데이트를 즐기기 시작했다.

*　　　　*　　　　*

요미우리 자이언츠의 우승.

3차전까지 갈 것도 없었다.

1차전에서 8점 차이로 압도적인 승리를 거두더니 2차전에서도 그 기세를 몰아 4 : 2로 요미우리 자이언츠가 워싱턴 내셔널스를 격파하며 제10회 IBAF 챔피언스 리그 우승컵을 들어 올렸다.

첫 번째 비메이저리그 구단의 우승이었다.

메이저리그 팬들은 충격에 빠졌고, 일본은 총리에 일왕까지 나서서 요미우리 자이언츠의 우승을 축하하며 일본 프로 야구의 우수성을 드높였다.

일본 총리는 요미우리 자이언츠의 우승으로 인해 일본 프로 야구에 대한 평가가 낮았다며 미국 메이저리그와 비교해도 전혀 손색이 없다는 망언을 터뜨리며 메이저리그 팬들의 빈축을 사기까지 했지만, 언제나 그렇듯 일본 총리와 일본 언론은 신경조차 쓰지 않으며 끝없는 자화자찬으로 저희들만의 축배를 들었다.

상황이 이렇다 보니 이런 일의 빌미를 제공한 요미우리 자이언츠에게 패배한 메이저리그 구단들은 신나게 팬들과 언론의 뭇매를 맞고 있었다.

특히, 8강과 4강에서 패배한 세인트루이스와 디트로이트보다는 결승전에서 단 한 번도 이기지 못하고 연패를 당한 워싱턴의 팬 사이트와 지역 언론은 차마 지켜보기 힘들 정도로 비난의 강도가 거셌다.

활화산처럼 터져 버린 메이저리그 사태와는 상관없이 나와 안젤라의 LA에서의 일주일 데이트는 어느새 마지막을 향해 달려갔다.

그리고 2027년 제98회 메이저리그 올스타전.

이번 올스타전 개최 구장은 1912년 개장을 했으며, 현존

하는 메이저리그 구장들 중 가장 오래된 역사를 자랑하는 보스턴 레드삭스의 심장, 펜웨이 파크(Fenway Park)다.

"루키 첫해에 올스타에 뽑힌 것도 대단한데 내셔널리그 선발 투수라니… 괴물 같은 놈."

"다른 사람은 몰라도 트라웃이 그런 말을 할 처지는 아니지 않습니까?"

"뭐?"

내 반문에 트라웃이 멍하니 날 바라보다 이내 큰 소리로 웃었다.

루키 첫해에 올스타에 뽑힌 건 트라웃도 마찬가지였으니까.

"어쨌든 너무 무리하지 마. 올스타전은 어디까지나 즐겁게 팬들부터 시작해서 선수들까지 모두가 하나가 되어 즐기는 게임이니까. 괜히 올스타전이라고 어깨에 힘을 줬다가 부상이라도 당하면… 알지?"

"전 제가 그렇게 멍청하지는 않다고 생각합니다."

"하하하하! 하긴 너라면 이런 잔소리를 할 필요가 없겠군."

트라웃은 이내 의자에 깊숙이 몸을 묻었다.

LA 다저스 선수들 중에 올스타에 뽑힌 선수는 투수로는 나와 마무리 투수인 샌디 펠런 두 명이었고, 타자 역시도 코리 시거(3루)와 마이크 트라웃(외야) 두 사람뿐이었다.

무엇보다 놀라운 사실은 내가 올스타 투표 득표에서 메이저리그 역대 1위를 뛰어넘는 최다 득표수를 기록했다는 사실이다.

종전 기록은 2011년 호세 바티스타(토론토 블루제이스, 외야)가 기록했던 745만 4753표였지만, 올 시즌 내가 기록한 득표수는 798만 3502표로 16년 만에 새로운 기록을 썼다.

양대 리그 통합 2위를 기록한 바이런 벅스턴(텍사스 레인저스, 외야)과는 무려 90만 표 이상이나 차이가 났으며, 투수 부문 투표가 시작된 이래로 첫 700만 표 이상을 받은 유일한 선수로도 기록됐다.

그리고 형수와 내 예상대로 마이크 테일러 역시 루키로서 올스타 투표에서 당당히 뽑혔다.

아메리칸리그 외야수 부문 3위에 이름을 올리며 선발 출전이 유력했으니, 올스타전의 흥행을 위해서라도 그의 타선이 상위에 배치될 가능성이 무척이나 높았다.

이미 많은 언론과 평론가들은 나와 마이크 테일러의 맞대결을 확정지어 놓고 있었다.

아메리칸리그를 초토화시키고 있는 괴물 타자와 내셔널리그를 제패하고 있는 괴물 투수의 맞대결.

무척이나 자극적인 제목으로 올스타전에 대한 기대감을 한껏 고조시키고 있었기에 덩달아 나 역시도 마이크 테일러와의 대결이 무척이나 기다려졌다.

'다른 타자들은 몰라도 마이크 테일러와의 대결은… 절대 질 수 없지.'

팬들을 위한 재밌는 경기를 보여주는 것도 좋지만, 앞으로 어떤 관계가 설정될지 모르는 마이크 테일러와의 대결은 절대 물러설 수가 없었다.

부드럽게 비행을 하는 비행기 의자에 편안하게 몸을 기대며 천천히 눈을 감았다.

보스턴에 도착해서 올스타전이 열리고, 선발 투수로서 2이닝에서 길면 3이닝 공을 던지고 나면 시즌 후반기기 시작된다.

후반기 나에게 배정된 경기 수는 12경기.

최소한 절반만 승리해도 루키 시즌 20승을 달성하게 된다.

전반기 15승 무패의 기록만으로도 이미 신인왕과 MVP의 가장 강력한 후보라고 불리고 있지만, 조금이라도 더 확실하게 결정을 짓고 싶었다.

루키 시즌 20승.

내가 생각해도 정말 완벽한 메이저리그 데뷔 시즌이었다.

　　　　＊　　　　　＊　　　　　＊

　2027년 7월 25일, 제98회 메이저리그 올스타전이 펜웨이 파크에서 열렸다.

　아메리칸리그와 내셔널리그에서 팬 투표와 선수단 투표, 감독 추천을 통해 뽑힌 양측 34명의 선수 중 선발 명단에 이름을 올릴 수 있는 수는 양 팀 동일하게 10명.

　야수들이야 특별한 경우가 아니라면 한 번이라도 타석에 들어서는 경우가 있지만, 투수의 경우에는 올스타에 뽑혔다 해서 마운드에 오를 수 있다고 보장을 할 순 없다.

　특히, 투수들의 경우 선발로 확정되지 않으면 마운드에 올라갈 수 있는 확률이 무척이나 낮다고 봐야 한다.

　그러니 투수 입장에서 올스타전 선발로 마운드에 서는 건 무척이나 영광스러운 일이다.

　"아메리칸리그 타자들에게 확실하게 내셔널리그 최정상 투수의 힘을 보여주길 바라겠네."

　내셔널리그 올스타 감독으로 선정된 콜 머먼트 감독(샌프란시스코 자이언츠)은 내 어깨를 가볍게 두드리며 웃었다.

　시즌 전반기에 커트 작전을 내놓으며 날 꽤나 괴롭혔던 콜 머먼트 감독이었지만, 오늘만큼은 한 팀이 되어 그의 지시를 따라야만 했다.

올스타전이 축제라고 불리지만, 승패에 대한 부담감은 분명 존재했다.

바로 올스타전에서 승리한 리그의 팀이 월드 시리즈에서 홈 어드밴티지를 얻기 때문이다.

월드 시리즈에서 가장 중요한 1차전은 물론, 1경기를 홈에서 더 치를 수 있는 홈 어드밴티지를 얻을 수 있는 유일한 방법이 바로 올스타전 승리였기에 양대 리그 우승 후보라 불리는 구단은 올스타전에서의 승리를 무척이나 바랄 수밖에 없다.

'콜 머먼트 감독이라면 더욱더 승리에 대한 욕구가 강렬하겠지.'

샌프란시스코 자이언츠는 언제나 내셔널리그 챔피언의 자리를 차지할 수 있는 강력한 우승 후보였으니, 가능만 하다면 콜 머먼트 감독은 내셔널리그 올스타 선수들에게 온갖 작전 야구를 지시하고 싶어 할 것이 분명했다.

그런 의미에서 양대 리그를 통틀어 전반기 가장 압도적인 성적을 보여준 내가 선발 투수로 마운드에 오르는 걸 가장 반겨했을 사람이 콜 머먼트 감독일지도 모른다는 생각이 들었다.

화려한 식순 행사가 끝나고 드디어 경기가 시작됐다.

1회 초, 내셔널리그 올스타팀의 공격을 막기 위해 마운드에 오른 아메리칸 리그 올스타팀의 선발 투수는 시애틀 매리너스의 에이스 마르코스 몰리나였고, 그의 공을 받아주는 포수는 캔자스시티 로열스의 안방을 책임지고 있는 제이퍼 하웰이었다.

사이영상을 수상한 이력이 있는 마르코스 몰리나와 올시즌 텍사스 레인저스에서 캔자스시티 로열스로 유니폼을 갈아입은 아메리칸 리그 최고의 포수 중 한 명으로 불리는 제이퍼 하웰은 무척이나 막강한 조합이라 부를 만했다.

연습 투구를 마치고 경기가 시작되자, 내셔널리그 올스타팀 1번 타자 데이몬 와일리(신시내티 레즈, 2루수)가 타석에 들어갔다.

신시내티 레즈의 프랜차이즈 스타인 데이몬 와일리를 상대로 마르코스 몰리나는 90마일 중후반의 묵직하고도 빠른 패스트볼을 던져 3루수 땅볼을 이끌어냈다.

이어진 타석은 세인트루이스 카디널스의 간판타자 더그레이 세인트였다.

낮고 빠른 패스트볼과 슬라이더를 섞어가며 공을 던졌지만, 더그레이 세인트는 결코 호락호락하게 물러날 생각이 없는지 마르코스 몰리나로 하여금 7구까지 던지게 만들었다.

그리고 결정이 난 8구.

딱!

약간 밋밋하게 들어온 체인지업을 더그레이 세인트는 놓치지 않고 그대로 밀어서 때려냈고, 타구는 그대로 유격수와 3루수 사이를 총알처럼 뚫고 지나가 버렸다.

안타를 맞은 마르코스 몰리나의 표정은 결코 좋지 않았다.

1사 1루 상황에서 타석에 들어선 건 지미 그랜(애리조나 다이아몬드백스, 1루수)이었고, 그는 마르코스 몰리나가 던진 초구를 그대로 강타해선 타구를 기형적으로 긴 우측 펜스 쪽으로 날려 보냈다.

그러나 380피트, 대략 116미터에 이르는 기형적으로 긴 펜웨이 파크의 우측 펜스까지의 거리는 결코 만만하지가 않았다.

아쉽게 펜스를 맞고 타구가 그라운드 안으로 들어왔고, 상대적으로 발이 빠른 데이몬 와일리였음에도 불구하고 타구의 속도와 우익수 수비를 보고 있는 알렉스 잭슨(디트로이트 타이거즈)의 훌륭한 펜스 플레이와 강한 어깨로 인해 3루에서 멈춰 설 수밖에 없었다.

아슬아슬하게 홈런이 되지 못한 지미 그랜의 타구에 내셔널리그 올스타를 응원하는 팬들의 안타까운 탄식이 펜웨이 파크를 집어삼켰다.

아웃 카운트 하나를 잡힌 상황에서 두 명의 주자를 각각 2루와 3루에 놓고 4번 타자가 타석에 들어섰다.

지명타자로 선발 출장을 하게 된 존 킹슬리(콜로라도 로키스, 3루수)였다.

내셔널리그 올스타 투표 중 가장 치열한 포지션이 바로 3루수 부문이다.

LA 다저스라는 공룡 구단의 프랜차이즈 스타라는 이점으로 인해 코리 시거가 매년 득표 순위 1위를 차지하고 있었지만, 그 뒤를 바짝 추격하고 있는 존 킹슬리, 길버트 라라(샌프란시스코 자이언츠), 테드 웨인 에버모어(시카고 컵스), 마크 바라스(뉴욕 메츠) 등 쟁쟁한 3루수가 내셔널리그에는 넘쳐 났다.

타석에 선 존 킹슬리는 신중했다.

메이저리그 통산 8년 동안 3할 밑으로 타율이 떨어진 적이 없다는 사실을 증명하기라도 하듯 마르코스 몰리나의 패스트볼을 그린 몬스터에 직격시키며 깔끔하게 2타점을 올리는 2루타를 터뜨렸다.

1회 초부터 2실점을 한 마르코스 몰리나의 표정은 같은 투수로서 차마 봐줄 수 없을 정도로 처참했다.

아무리 올스타전이라 하더라도 선발 투수가 이렇게까지

쉽게 무너졌다는 건 자존심에 큰 상처를 남길 만했다.

교체는 이뤄지지 않았다.

실점을 했다 하더라도 올스타전 선발 투수를 1회 만에 교체시키는 꼴사나운 모습은 선수 본인에게 너무나도 비참한 행위였으니까.

상처 난 자존심을 회복하기 위함인지 마르코스 몰리나는 5번 타자 코리 시거를 상대로 중견수 뜬공을 유도해 냈고, 6번 타자 클린트 프레지어에게는 3루수 땅볼을 만들어내며 더 이상의 실점 없이 1회를 끝낼 수 있었다.

1회부터 2점을 리드한 상황에서 아메리칸리그 올스타팀의 공격을 막기 위해 글러브를 들었다.

처음으로 올라서는 펜웨이 파크 마운드였지만, 별다른 느낌은 없었다.

다만.

'그린 몬스터가 진짜 위협적이기는 하네.'

펜웨이 파크의 명물, 그린 몬스터.

홈런을 쉽게 허용하지 않지만, 2루타를 무지막지하게 생산해 내는 녹색 괴물.

투수들에게 있어 분명 걸리적거리는 부분인 건 확실했고, 나 역시 마운드에 서서 11m의 녹색 벽을 바라보고 있으니 웬만해선 좌측으로 타구를 보내선 안 되겠다는 생각밖에 들지 않았다.

불펜에서 달궈놨던 어깨가 식지 않도록 곧바로 연습구를 던졌다.

오늘 내 공을 잡아 줄 포수는 워싱턴 내셔널스의 주전 포수이자, 내셔널리그 최고의 포수 중 한 명으로 급부상한 테리 레드메인이었다.

올해 27살인 테리 레드메인은 25살 때부터 흔한 말로 포텐이 폭발하면서 워싱턴 내셔널스의 안방을 차지했다.

포수로서의 능력은 물론, 공격적인 면에서도 부족함이 없다 평가를 받는 테리 레드메인은 현역 메이저리그 포수들 가운데 세 손가락 안에 들어간다 할 정도로 그 기량이 뛰어났다.

퍼어어엉!

미트질이 무척이나 깔끔했다.

토렌스의 신들린 미트질에는 조금 부족했지만 그 외적인 부분, 특히 블로킹이나 도루 저지 능력은 오히려 뛰어났기에 비교를 할 수 없는 공격적인 능력까지 합산하면 토렌스보다 훨씬 윗줄의 포수인 건 명백한 사실이었다.

내가 던지는 공을 받으며 테리 레드메인은 연신 고개를 끄덕이며 만족을 표시했다.

투수는 포수에게, 포수는 투수에게 서로 만족하며 연습

구를 끝내자 1회 말 아메리칸리그 올스타팀의 1번 타자, 아드리안 론돈이 타석에 들어섰다.

2014년 국제아마추어시장을 통해 탬파베이 레이스와 계약을 한 아드리안 론돈에 대한 기대치는 대단했다. 기대만큼 엄청난 잠재력을 갖추고 있었고, 그 실력 또한 의심의 여지가 없었다. 하지만 아드리안 론돈의 미래가 한순간에 낙동강 오리알처럼 변할 줄은 아무도 몰랐다.

무결점 수비력을 갖춘 크레이그 바렛의 등장.

탬파베이 레이스의 미래를 책임져야 할 아드리안 론돈은 크레이그 바렛이라는 수비의 신 앞에 무참히 내쳐졌다.

크레이그 바렛에게 치이던 아드리안 론돈을 재빠르게 낚아챈 곳이 뉴욕 양키스였다.

뉴욕 양키스는 영원한 캡틴 데릭 지터 이후, 이렇다 할 주전 유격수를 찾지 못하고 있었기에 그들에게 탬파베이 레이스의 특급 유망주였던 아드리안 론돈은 무척이나 군침 도는 선수일 수밖에 없었다.

결국, 3 대 3이라는 대형 트레이드를 통해 아드리안 론돈은 뉴욕 양키스의 유니폼을 입었고, 2027년 현재까지 5년 동안 유격수로서는 엄청난 화력을 자랑하며 핵심 선수로 활약을 해주고 있었다.

크레이그 바렛이 2020년부터 2026년까지 아메리칸리그에서 골든 글러브를 단 한 번도 내려놓은 적이 없다면, 아드리안 론돈은 2023년부터 2026년까지 실버 슬러거를 놓친 적이 없었다.

평균 이상의 수비 실력과 유격수로서는 최정상의 화력을 갖춘 아드리안 론돈을 두고 많은 전문가들은 탬파베이 레이스가 어리석은 선택을 했다고 손가락질하기도 했다.

'아드리안 론돈을 1번 타자로 기용할 줄이야.'

하지만 생각해 보면 현재 아메리칸리그 올스타팀의 선발 타순 모두 막강한 화력을 갖추고 있었기에 아드리안 론돈의 1번 타순은 적절한 것 같다는 생각도 들었다.

마스크를 쓰고 앉아 있는 테리 레드메인은 특별하게 사인을 보내지 않았다.

불펜 피칭을 하며 잠깐 호흡을 맞추는 사이에 모든 리드를 나에게 맡기겠다고 했기 때문이다.

지금이야 같은 팀이지만, 올스타전이 끝나면 결국은 상대팀으로 만나야 하니 내 피칭 스타일을 파악해 보겠다는 의도일 수도 있고, 올스타전이니 내 마음대로 공을 던져 보라는 의도일 수도 있었다.

어쨌든 온전히 내 생각대로 공을 던질 수 있었기에 마다할 이유는 없었다.

'초구는… 체인지업.'

광장히 공격적인 성향인 아드리안 론돈이었기에 초구부터 과감하게 배트를 휘두를 가능성이 무척 높았다. 당연히 초구부터 배트를 휘두르는 타자들은 열에 아홉이 패스트볼을 노리고 들어온다. 물론, 상황에 따라 다르기도 하지만 대체적으로 상대 투수의 투구 스타일을 미리 생각해 왔다면 나를 상대로는 당연히 패스트볼이 가장 확실한 노림수다.

테리 레드메인에게 체인지업 사인을 보내고 곧바로 와인드업을 하며 공을 던졌다.

쇄애애애액!

부웅!

마운드에 서 있는 나에게 또렷하게 들려올 정도의 바람 소리와 함께 돌아가는 나무 배트.

완만하게 곡선을 그리며 아래로 떨어지는 공.

퍼엉!

가죽 미트에 박혀 들어가는 묵직한 소리.

균형까지 잃어가며 크게 헛스윙을 한 아드리안 론돈이 천천히 몸을 일으키며 미간을 찌푸렸다.

두 번째 공을 던지기 전, 포수에게 사인을 보냈다.

'2구는 몸 쪽으로 바짝 붙이는 컷 패스트볼.'

초구에 헛스윙을 했다고 아드리안 론돈이 침착하게 다음

공을 지켜볼까?

공격적인 성향이 강한 아드리안 론돈의 성격으로 봤을 때, 그럴 리가 없다.

체인지업을 확인했으니 패스트볼이다 싶으면 주저 없이 풀스윙을 해올 것이 분명하다.

그렇다면 던져 주면 그만이다.

콰작⋯⋯!

우타자인 아드리안 론돈의 배트 손목 부근에 공이 충돌했다.

배트가 공을 쳤다고 할 수 없는 상황이었다.

나무 배트는 산산조각이 났고, 공은 어설프게 포수 뒤쪽으로 떠오른다 싶다가 떨어져 내렸다.

"잡⋯⋯."

내가 떨어지는 공을 바라보며 말을 채 끝내기도 전에 테리 레드메인이 포수 마스크를 집어 던지며 뒤로 몸을 날렸다.

영화 속에 나오는 슈퍼맨처럼 왼손을 앞으로 쭉 뻗으며 허공으로 다이빙을 한 테리 레드메인의 포수 미트 속으로 공이 안정적으로 들어갔다.

쿵.

요란한 소리와 함께 테리 레드메인이 바닥에 추락했고,

그는 곧바로 왼손에 낀 미트를 머리 위로 들어올렸다.

"아웃!"

주심이 큰 소리로 외치며 오른 주먹을 힘껏 움직였다.

—와아아아아아아아!

펜웨이 파크를 뒤흔드는 거대한 함성이 울렸고, 그보다 먼저 내가 테리 레드메인을 향해 달려가서 그를 걱정스럽게 바라봤다.

괜찮냐는 내 물음에 테리 레드메인은 당연하다는 듯 가뿐하게 몸을 일으켰다.

"설마 날 탓하지는 않겠지?"

"무슨 소리죠?"

"삼진으로 충분히 잡을 수 있었는데 설마 나 때문에 나만 멋진 모습을 보였다고 탓하지 않을까 싶어서."

어깨를 으쓱거리며 농담을 건네는 테리 레드메인을 향해 나는 피식 웃고 말았다.

마운드로 돌아가 로진백을 손에 묻히는 사이 타석을 향해 거구의 사내가 천천히 들어섰다.

"왔군."

무척이나 기다렸던 상대, 마이크 테일러였다.

*　　　*　　　*

"드디어 붙었군."

맥브라이드 단장은 밥 먹는 시간조차 아껴야 할 정도로 바빴지만, 잠시 모든 업무를 뒤로 미루고 단장실에 걸려 있는 대형 TV에 모든 신경을 집중시켰다.

이번 메이저리그 올스타전의 최고 흥행 카드는 차지혁과 마이크 테일러의 맞대결이다.

양대 리그 역대 최고의 신인들의 대결.

무엇보다 투수와 타자의 대결이라 더욱더 흥미로웠다.

물론, 상대적으로 불리한 입장은 마이크 테일러다.

통상적으로 투수와 타자의 대결은 열 번 중 세 번만 타격에 성공해도 타자의 승리라 부른다. 반대로 투수는 일곱 번을 이겨도 세 번을 지면 이겼다 부르기 힘들다.

하지만 이번 대결은 단 한 번만으로 승부를 봐야 한다.

당연히 마이크 테일러에게 불리할 수밖에 없었다.

"한 번이라도 어떤 식으로 승부가 나느냐가 관건이겠지."

맥브라이드 단장은 단장실 한쪽 벽면에 위치한 냉장고에서 시원한 맥주 한 캔을 꺼내 마셨다.

─모두가 기다렸던 지혁 차와 마이크 테일러의 대결이 시작됐습니다! 내셔널리그를 지배하고 있는 역대 최고의

신인 투수 지혁 차와 아메리칸리그를 초토화시키고 있는
역대 최고의 신인 타자 마이크 테일러의 대결은 이번 올스
타전의 하이라이트라고 해도 좋을 겁니다!

중계를 책임지고 있는 캐스터의 음성은 한껏 고조되어
있었다.

곁에서 해설을 하고 있던 해설자의 음성 역시 별반 다르
지 않았다.

캐스터와 해설자 이전에 그들도 야구팬으로서 양대 리그
를 대표하는 신인들의 대결에 온몸이 달아올랐다는 소리
다.

─앞서 있었던 아드리안 론돈의 타석에서도 그랬지만,
오늘 마스크를 쓰고 있는 테리 레드메인 포수는 역시나 마
이크 테일러를 상대로도 투수인 지혁 차에게 사인을 전혀
내지 않고 있습니다.

─올스타전이니 그럴 수도 있죠. 더욱이 투수인 지혁 차
의 실력이야 이미 더 이상 의문의 꼬리표를 달 수 없으니
테리 레드메인 포수로서는 지혁 차의 사인만 받아들여 공
만 잡으면 편하게 게임을 할 수 있다 여길 테죠.

─사인을 포수에게 건넨 지혁 차, 천천히 와인드업을 합

니다. 첫 번째 공으로는 무엇을 던질 것인지… 던졌습니다!
스트라이크! 98마일의 포심 패스트볼입니다! 타자의 무릎
보다 살짝 높은 위치의 스트라이크 존을 관통하는 낮고 빠
른 패스트볼! 역시 지혁 차의 패스트볼은 무시무시합니다!

—타자 마이크 테일러 초구에 대한 타격 의지가 전혀 없
었다는 듯 조금의 미동도 없군요. 아드리안 론돈 선수가 초
구부터 작정하고 타석에 들어섰던 것과는 무척이나 대조적
인 모습이군요. 메이저리그 7년 차인 베테랑 아드리안 론돈
과 메이저리그 1년 차인 마이크 테일러의 모습이 바뀐 것이
아닌가 싶을 정도군요.

—부담감 때문 아니겠습니까? 마이크 테일러 선수로서는
이번 첫 번째 대결이 어떤 의미를 지니고 있는지 누구보다
잘 알고 있으니 신중하게 대처해야 한다고 생각하고 있을
것 같습니다. 초구부터 스트라이크를 집어넣은 지혁 차 선
수, 두 번째 공에 대한 사인을 포수에게 보내고 와인드업을
시작합니다. 제이 구! 던졌습니다!

타자의 몸 쪽 높은 코스로 송곳처럼 파고들어 가는 포심
패스트볼이었다.

낮은 코스 이후 곧바로 이어진 높은 코스.

이번에는 마이크 테일러도 참지 않았다.

딱.

하지만 타이밍이 맞질 않았다.

직전 98마일의 포심 패스트볼을 예상하고 배트를 휘둘렀지만, 94마일의 포심 패스트볼이었으니까.

타구가 총알처럼 빠른 속도에 큼지막한 포물선을 그리며 좌측 노란색 폴대를 크게 벗어났다.

"힘 하나는 정말 엄청나군."

맥브라이드 단장이 어처구니없다는 표정으로 고개를 절레절레 저었다.

다른 누구도 아닌 차지혁의 포심 패스트볼을 아무렇지도 않게 대형 파울 홈런으로 만들어 버렸으니 살짝 섬뜩한 느낌도 들 정도의 공포스러운 힘이었다.

중계를 하고 있는 캐스터와 해설자도 그 부분에 대해서 말을 하고 있었다.

─…당연한 말이지만, 지혁 차가 전력을 다해서 공을 던진다면 저토록 쉽게 대형 타구가 나오지는 않을 테죠. 94마일의 포심 패스트볼, 거기에 몸 쪽이라고 하지만 높은 코스였기 때문에 지금과 같은 큰 타구가 나올 수 있었던 거라고 생각합니다. 그렇지만 마이크 테일러의 파워에 대해서는 확실히 지혁 차의 구위보다 조금 더 높은 점수를 줄 수밖에

없을 겁니다.

해설자의 말에 맥브라이드 단장도 인정하다는 듯 고개를 끄덕이며 맥주를 들이켰다.

마이크 테일러의 파워는 의심의 여지가 없는 메이저리그 최정상급이다.

BA 평가에서도 최고 등급인 80점 만점을 받은 파워였으니 차지혁의 구위가 아무리 대단하다 평가를 받고 있어도 마이크 테일러의 파워에는 견줄 수가 없었다.

이어서 세 번째 공이 차지혁의 손끝에서 떠났다.

88마일이나 되는 빠른 체인지업이었고, 코스는 스트라이크 존 바깥쪽을 살짝 벗어났다.

볼 판정을 받았지만, 박수를 쳐줄 정도로 훌륭한 유인구였다.

저런 멋진 유인구를 던질 수 있는 차지혁의 실력에 맥브라이드 단장은 절로 흐뭇한 미소를 지었고, 투 스트라이크 노 볼이라는 극도로 불리한 상황 속에서도 침착하게 선구안을 발휘한 마이크 테일러에게도 박수를 보내줄 만했다.

네 번째 공.

구종은 파워 커브였으며, 코스는 타자 앞에서 크게 각이 꺾이며 바운드가 될 정도였다.

평소 차지혁이 던지던 파워 커브보다 구속이 떨어졌지

만, 각도는 훨씬 더 큰 폭을 그렸다.

"흐음……."

맥브라이드 단장의 표정이 처음으로 불만족스럽게 변했다.

방금 던진 차지혁의 파워 커브는 시즌 전반기 동안 수많은 타자들을 곤란하게 만들었던 것과 너무나도 차이가 났다.

차지혁의 파워 커브의 장점은 빠른 속도와 폭은 좁지만 무척이나 예리하게 꺾이는 각도에 있었다.

그런데 방금 공은 간단하게 평가해서 밋밋했고, 특색이 없었다.

누구도 쉽게 던질 수 없는 차지혁 특유의 파워 커브가 아니라 어떤 투수라도 흔하게 던질 수 있는 평범한 커브의 수준을 벗어나지 못했다.

마운드에 서서 로진백을 주무르는 차지혁의 표정도 썩 밝지가 못했다.

의도치 않았던 공이란 뜻이다.

"밸런스가 무너진 건가?"

올스타전이 있기 전, 2주 동안 아프리카에서 클레이튼 커쇼에게 12-to-6커브를 배웠다는 걸 잘 알고 있는 맥브라이드 단장은 그 부작용이 지금 나타난 것이 아닌가 하는 성급한 생각마저 들었다.

아프리카에 갔다 온 이후, 팀 전체 훈련에서도 특별한 보고를 받지 못했기에 크게 걱정을 하진 않겠지만 만에 하나라도 차지혁의 밸런스에 문제가 생겼다면?

구단 입장에서 가장 최우선으로 신경 써서 집중 관리를 해야 할 일이 된다.

맥브라이드 단장이 그런 생각을 하는 사이 차지혁이 다섯 번째 공을 던졌다.

"괜한 걱정이었군."

전반기 내내 던졌던 차지혁만의 파워 커브였다.

스트라이크 존을 통과하는 공이 아니었기에 볼 판정을 받았지만, 맥브라이드 단장의 우려를 말끔하게 해소시켜 주는 멋진 파워 커브였다.

"풀카운트까지 왔군."

모두가 기대했던 것처럼, 시시하게 끝날 대결이 아니었다는 걸 증명이라도 하듯 어느덧 2스트라이크 3볼의 풀카운트까지 왔다.

*   *   *

풀카운트.

투수 입장에서는 무척이나 부담스러운 상황이다.

대다수의 투수들은 풀카운트에서 스트라이크를 던져야 한다는 압박감과 강박 관념을 갖는다.

그럴 수밖에 없다.

어설프게 던진 공 하나가 안타로 이어지거나 장타가 될 수 있고, 그렇다고 유인구를 던지자니 타자를 완벽하게 속이지 못하면 출루를 시키니 투수로서는 정말 기가 막힐 정도로 환상적인 유인구를 던지거나, 타자의 타격 본능을 짓밟는 강력한 스트라이크를 던져야 한다.

'어설픈 유인구로는 어려워.'

완벽하다 불러도 손색이 없었던 바깥쪽 빠지는 체인지업에 마이크 테일러는 꿈짝도 하지 않았다.

허를 찔려서 움직이지 못했다거나, 애초부터 지켜보자는 심정이 아니었다.

투 스트라이크 상황이었으니까.

'엄청나게 집중하고 있다는 뜻이겠지.'

기본적으로 선구안이 좋다 평가를 받는 마이크 테일러였지만, 리그 정상급이라고 할 순 없었다. 그럼에도 완벽했던 유인구에 꿈짝도 하지 않았다는 건 그만큼 지금의 승부에 집중하고 있다는 소리다.

집중하는 타자는 무섭다.

스트라이크와 볼을 분별할 수 있는 눈은 물론이고, 단타를 장타로, 장타를 홈런으로 뒤집을 수 있기 때문이다.

펜웨이 파크라고 하지만 마이크 테일러와 같은 파워를 지닌 타자에게 그린 몬스터 정도는 우습다.

실제로도 좌타자보다 우타자에게서 홈런이 더 많이 나오는 구장이 펜웨이 파크였으니, 그린 몬스터도 진짜 파워를 가진 우타자에게는 그리 높은 벽이라 부를 수가 없다.

'바깥쪽을 걸치는 컷 패스트볼로 우선 하나 가보자.'

선구안이 아무리 좋은 타자라 하더라도 바깥쪽 스트라이크 존을 아슬아슬하게 걸치는 컷 패스트볼 앞에서는 혼란을 겪는다.

테리 레드메인의 미트질도 훌륭했으니 스트라이크를 볼로 만들 걱정도 없다.

사인을 보내고 공을 던졌다.

딱!

마이크 테일러의 배트가 평소보다 아주 짧고 간결하게 나왔다.

풀카운트에서 짧은 스윙을 가져가는 건 교타자들에게서나 볼 수 있는 행동이지, 마이크 테일러와 같은 장타자들은 결코 자신의 스윙을 버리지 않는다.

자존심이기도 하고, 자만심이기도 하다.

그렇다면 방금 스윙은 오직 한 가지의 목적뿐이다.

'커트.'

타석에서 물러난 마이크 테일러는 장갑을 고쳐 끼우면서 날 바라보고 있었다.

이글이글 타오르는 눈빛, 사납게 기세를 풍기는 맹수처럼 날 쳐다봤다.

오늘의 대결을 나만 기대했을까?

절대 아니다.

투수의 승부욕만큼이나 타자의 승부욕도 크다.

더욱이 마이크 테일러는 미국 태생으로 메이저리그의 본고장에서 야구를 배우며 꿈을 키워온 선수다.

낯선 동양의 작은 나라에서 물 건너온 투수에게 최고의 자리를 내준다?

있을 수도 없는 일이고, 있어서도 안 되는 일이라고 여길 테지.

그렇다면 오늘 경기에서 마이크 테일러가 노리고 있는 최상의 시나리오는 뭘까?

'완벽한 안타, 아니 그 이상의 홈런.'

어설프게 볼넷으로 출루를 하는 것조차도 마이크 테일러에게는 자존심이 상하는 일이 되겠지.

"후우우."

작게 호흡을 가다듬고 다시 한 번 로진백을 만졌다.

타자인 마이크 테일러가 저렇게 정면 승부를 원하는데, 어설프게 상대를 해서 내가 얻을 이득 따윈 존재하지 않는다.

그리고 나 역시 오늘 대결에서 완벽하게 마이크 테일러를 패배시키고 싶으니까.

내가 가진 최고의 공으로 상대를 한다.

포심 패스트볼.

오늘 경기 최고의 공을 던진다.

포수인 테리 레드메인에게 사인을 보내니 마스크 안쪽의 두 눈동자가 당황하듯 크게 커지는 게 보였다.

천천히 호흡을 하며 와인드업을 했다.

'오늘 승부는 이 공으로 끝낸다.'

힘을 모으듯 웅크리고 있는 마이크 테일러의 모습을 보며 있는 힘껏 공을 던졌다.

발끝에서부터 시작된 힘이 차근차근 온몸을 거쳐서 손끝으로 뿜어져 나가는 짜릿한 기분이 들었다.

쐐애애애애애애액.

공은 엄청난 회전을 머금고 공간을 뚫듯 날아갔다.

코스는 한가운데에서 살짝 위쪽.

마이크 테일러가 가장 좋아하는 곳이다.

날아오는 공을 향해 마이크 테일러의 배트가 휘어지듯 궤적을 그리며 튀어 나왔다.

부우우우웅!

소름끼치도록 강력한 바람 소리와 함께 배트가 허공을 갈랐다.

퍼어어어— 엉!

포수 미트 가죽이 터질 것처럼 엄청난 파열음이 울렸다.

이어진 주심의 호쾌한 콜.

"스윙! 타자 아— 웃!"

—우와아아아아아아아아아!

오래된 펜웨이 파크가 무너지지 않을까 싶을 정도의 엄청난 함성 소리가 관중석에서 터졌다.

헛스윙을 한 마이크 테일러가 믿을 수 없다는 표정으로 타석에 서 있었다.

그의 시선이 날 향하는가 싶었더니 아니었다.

뒤쪽 전광판이었다.

무엇이 저렇게 마이크 테일러를 넋 놓게 만들까 싶어 돌아보니 나 역시 믿을 수 없는 것이 두 눈에 들어왔다.

104mph

전광판이 고장 났나?

내가 가장 먼저 한 생각이었다.

하지만 절대 고장이 아니라는 듯 흥분한 관중들의 함성이 현실을 일깨워 줬다.

지금까지 내가 던진 가장 빠른 공.

104마일.

킬로미터로 변환하면 167.37㎞.

무엇보다 제구가 잡혀서 던졌던 공이다.

물론, 앞으로도 계속해서 104마일이나 되는 공을 제구해서 던질 수 있을지는 의문이지만 어쨌든 한 번이라도 던졌다는 게 내겐 중요했다.

살짝 들뜬 가슴을 진정시키며 몸을 돌리니 여전히 마이크 테일러가 타석에 서 있었다.

더 이상 전광판이 아닌 날 노려보고 있었다.

상처 입은 맹수처럼 나를 노려보는 모습이 무척이나 인상적이었다.

주심이 경기를 진행해야 하니 그만 나가라고 하니 그제야 등을 돌리는 마이크 테일러였다.

복수를 생각하고 있겠지?

더그아웃으로 돌아가는 마이크 테일러의 머릿속엔 온통 나에 대한 복수만이 가득할 거다.

다음에는 절대 질 수 없다는 굳은 의지를 다지고 있겠지.

그런데 그건 나 역시 마찬가지다.

고작 한 번 이겼을 뿐이다.

마이크 테일러라는 맹수를 사냥하는 최고의 사냥꾼으로 기억되려면 앞으로도 계속 오늘과 같은 대결이 이어져야만 한다.

Chapter 8

《NL올스타 8 : 4로 AL올스타에 승리!》

《존 킹슬리(COL) 올스타전 MVP!》

《NL선발 투수 지혁 차(LAD) 104mph의 강속구로 2이닝 무실점 호투!》

《전반기 홈런왕 마이크 테일러(TOR) 2연타석 홈런! 팀 패배로 MVP 수상에는 실패!》

《2027년 메이저리그 역대 최고의 신인 대결에서 승리한 지혁 차(LAD)!》

올스타전이 끝나면서 본격적으로 시즌 후반기가 시작됐다.

엄청난 폭풍을 몰고 올 것이라고 예상했던 7월의 트레이드는 모두의 예상을 완벽하게 빗나갔다.

굵직한 트레이드는 없었고, 이슈가 되었던 대형 트레이드들은 모두 협상 마지막에 뒤집혀 버리면서 흐지부지 끝나고 말았다.

모두가 트레이드될 거라고 예상했던 미치 네이 역시 팀에 잔류했다.

황병익 대표의 말에 의하면 미치 네이가 트레이드되지 못한 이유는 시카고 화이트삭스에서 너무 과도한 연봉 보조를 요구했기 때문이라고 했다.

정확한 금액까지는 알 수 없지만, 통상적인 액수를 크게 벗어나는 범위라고만 귀띔을 해주었다.

시카고 화이트삭스의 요구를 돌려서 말하면 미치 네이의 가치를 굉장히 낮게 책정하고 있다는 소리였다.

우여곡절 끝에 팀에 남을 수 있게 된 미치 네이였지만, 이미 게레로 감독과의 불편한 관계가 5월 달부터 시작되었기 때문에 두 사람의 관계만 놓고 본다면 후반기 전망이 그리 밝다고는 할 수 없었다.

후반기 첫 경기는 27일 화요일 오클랜드 애슬레틱스와의

LA 홈경기부터 열렸다.

그리고 3일 뒤, 30일 금요일에 지역 라이벌인 LA 에인절스와의 시즌 첫 번째 시리즈 경기의 2차전에 내가 선발로 등판했다.

1차전에서 1점 차 아슬아슬한 승리를 거둔 LA 다저스는 나를 선발로 내세우며 무난하게 위닝 시리즈를 가져갈 수 있을 거라 예상하고 있었다.

구단의 바람대로 결과는 1 : 4의 LA 다저스의 승리.

8이닝 1실점이라는 성적표를 받아들며 나는 시즌 16승을 거뒀다.

시즌 후반기 첫 경기부터 승리해서 좋기도 했지만, 정말 내가 기뻤던 건 보고 싶었던 부모님과 지아가 LA에 도착했다는 사실이다.

기쁜 마음에 공항으로 마중을 나가 가족을 데리고 집으로 돌아왔다.

"안녕하세요."

가족의 방문을 알고 있었던 주혜영은 부모님에게 인사를 하며 자신을 소개했다.

예전에 전화 통화로 부모님에게 주혜영에 대해서 말을 했었지만, 직접 대면하는 건 처음이라 사이가 서먹서먹하지 않을까 걱정했던 내 우려는 괜한 생각이었다.

"지혁이랑 형수에게 그렇게 맛있는 밥을 차려준다면서요? 정말 고마워요."

어머니는 주혜영이 손을 꼭 잡으며 몇 번이나 고맙다는 말을 했다.

과분한 감사 표현에 주혜영도 당황한 모습을 보였지만, 그것도 잠시였을 뿐이었다.

어느새 주혜영과 어머니는 친근한 사이라도 된 것처럼 편하게 말을 주고받으며 주방으로 들어가 버렸다.

"여자 친구는?"

공항에서부터 집까지 오는 내내 별다른 말을 하지 않았던 지아가 툭 던지듯 물었다.

"영화 촬영 중이야."

"지에이치 3편 말하는 거지?"

"응."

"어때?"

"뭐가?"

"여자 친구 생기니까 좋아? 집안은? 나이는 동갑이라고 했던가? 남자는 몇 놈이나 만나봤대? 얼굴만 봐서는 남자들이 가만히 뒀을 것 같지 않던데? 더군다나 자유분방한 미국이잖아? 그런 과거까지도 다 이해하고 받아준 거야? 진도는 어디까지 갔어? 아프리카에서도 그렇고 LA에서도 여기서 일주일이나 있었다면서? 하여간, 얌전한 고양이가 부뚜막에 먼저 올라간다고 하더니… 사귄 지 얼마나 됐다고 한 집에서 살림을 차리고 살아? 이건 뭐 야구를 하러 온 건지, 연애를 하러 온 건지!"

쉬질 않고 쏟아지는 지아의 말에 내가 헛웃음을 지으니 아버지 역시 못 말린다는 듯 고개를 절레절레 저었다.

"엄마랑 아빠도 그렇고 나도 한 번 보고 싶으니까 8월 중에 시간 한 번 내서 오라고 해봐. 혹시 알아? 미래의 시누이가 될지도 모르는데. 안 그래?"

"그만 까불어라."

가볍게 머리에 꿀밤을 먹여주자 지아가 오랜만에 만난 하나밖에 없는 동생 때린다며 아버지에게 찰싹 달라붙어서는 이렇게 말했다.

"이것 봐! 이것 봐! 내가 말했잖아! 이제 오빠는 우리 가족보다 자기 여자 친구가 우선이라니까! 남자는 다 똑같아! 아들놈들은 다 똑같아! 여자한테 홀리면 가족이고 뭐고 눈에 보이는 게 없다니까! 이제 아빠랑 엄마도 뒷방 늙은이 신세야! 으이구~ 불쌍한 우리 아빠!"

전혀 예상하지 못했던 지아의 행동에 내가 어이없어 하자 주방에서 어머니가 나오셔서는 지아의 등짝을 시원스럽게 후려쳤다.

짝!

"꺅! 엄마!"

"엄마가 쓸데없는 장난하지 말라고 했지! 힘들게 혼자서 고생하는 오빠를 그렇게 놀려 먹으면 재밌어?"

엄마의 말에 그제야 난 지아의 말과 행동들이 모두 날 놀리기 위한 연극이었다는 걸 알 수 있었다.

"에이~ 엄마 때문에 다 망했네! 오빠 표정 진짜 웃겼는데!"

깔깔거리며 웃는 지아의 모습에 내가 허탈하게 웃으며 소파에 앉았다.

아버지와 어머니, 그리고 지아까지 정말 오랜만에 가족 모두가 한자리에 모이니 기분이 좋았다.

"어디 아픈 곳은 없고?"

"예, 너무 잘 먹고 훈련도 아주 열심히 잘하고 있습니다."

"혜영 씨 솜씨가 보통이 아니더라. 나이도 많지 않은 것 같은데 어쩜 저렇게 손이 야무진지. 월급 아끼지 말고 넉넉하게 줘. 객지에서 혼자 운동할 때는 먹는 게 제일이야. 사람은 어디서든 든든하게 먹어야 아프지 않고 건강한 거야. 아무리 엄마가 이것저것 해줘서 보낸다 하더라도 방금 한 음식보다 못하니까. 그냥 해주는 대로 '감사합니다' 하고 맛있게 먹어. 사람도 보니까 싹싹한 게 좋더라. 되도록 오래 일할 수 있도록 이것저것 편의도 좀 봐주고 그래."

그 잠깐 사이에서 주방에서 무슨 일이 있었던 걸까?

어머니는 주혜영에 대한 칭찬을 아끼지 않았다.

틀린 소리도 아니었고, 나와 형수 역시도 주혜영이 존재가 얼마나 고마운지 잘 알기에 어머니의 당부에 잘 알겠다며 대답해 주었다.

"17일에 한국으로 가신다고요?"

"15일 오클랜드 원정 경기까지만 지켜보고 한국으로 가야지."

대략 보름이 조금 넘는 일정.

마음만 같아서는 더 오래 머물면 좋겠지만, 지아의 방학이 끝나기 전에는 돌아가야 했기에 어쩔 수 없었다.

"원정 경기까지 따라다니시려면 피곤하실 텐데, 괜찮으시겠어요?"

내 물음에 아버지는 걱정할 것 하나 없다며 신경 쓰지 말라고 했다.

기본적으로 황병익 대표가 통역부터 시작해서 미국에서의 일정을 조금도 불편하지 않게끔 사람을 붙여준다고 했다.

오늘 저녁 에인절스와의 3차전 경기가 끝나면 곧바로 필라델피아로 원정 경기를 떠나야 하는데 부모님은 3일까지 LA에서 머물다가 4일 피츠버그 원정에 경기장으로 곧장 오시기로 이미 스케줄을 짜놓은 상태였다.

"그런데 정말 언니는 시간이 안 되는 거야?"

지아의 물음에 내가 장난하지 말라며 한마디를 하려다 부모님까지도 모두 진심으로 궁금해하는 것 같아 안젤라가 어떤 상황인지를 납득시켜야만 했다.

"어쩔 수 없지만, 아쉽네. 맨날 TV랑 인터넷 사진으로만 봐서 꼭 만나보고 싶었는데. 정말 TV에 나오는 것처럼 예뻐?"

"실물이 훨씬 낫지."

내 대답에 지아의 표정이 보란 듯이 일그러졌다.

"어쭈? 팔불출이 다 됐네?"

지아의 말에 나는 피식 웃고 말았다.

"역시 남자는 여자를 만나야 변한다고 하더니… 야구 기계가 이제는 좀 사람처럼 변한 것 같기도 하고… 아야!"

"넌 오빠한테 무슨 소리를 하는 거야."

"참! 엄마도 인정할 건 인정해야지! 오빠가 변한 게 느껴지지 않아? 난 공항에서 보는 순간 딱 알겠던데! 엄마, 설마 질투하는 거야? 엄마들은 아들이 여자 친구 사귀면 엄청 상실감을 느낀다고 하던데… 엄마도 그런 거야? 응?"

"애가 도대체 무슨 소리를 하는 거야. 너야말로 오빠가 여자 친구 생겼다고 하니까 며칠 동안이나 시무룩해서 밥도 잘 안 먹고 그랬잖아? 오빠한테 예쁜 여자 친구가 생기니까 질투하니?"

"흥! 질투는 무슨! 난 애초부터 저런 야구 로봇한테는 관심조차 없었거든요!"

지아의 말에 어머니와 아버지는 서로를 바라보며 의미심장한 웃음을 흘렸다.

무슨 일이 있었던 걸까?

평소보다 민감하게 반응하며 얼굴까지 빨갛게 변하는 지아를 보면 분명 어머니의 말이 그냥 하는 말은 아닌 것 같기도 했다.

그렇게 즐겁게 웃고 떠들다보니 어느새 짐을 챙겨서 야구장으로 가야 할 시간이 되었다.

경기가 끝나면 곧바로 선수단 전용기를 타고 필라델피아로 날아가야 했기에 아쉽지만 어쩔 수 없이 4일 피츠버그에서 다시 만나기로 하곤 집을 나왔다.

지역 라이벌답게 LA 에이절스는 3차전까지 패배하는 수모를 당하진 않았다.

경기가 끝나고 곧바로 전용기를 타고 필라델피아로 향했다.

필라델피아 필리스와의 3연전을 마치고 4일 피츠버그 파이리츠와의 원정 3차전을 위해 구단 전용기가 펜실베이니아 주로 향했다.

　내셔널리그 중부 지구에 속해 있는 피츠버그 파이리츠, 일부 팬들 사이에서는 해적선이라고도 부르는 피츠버그 파이리츠는 현재 중부 지구에서 엄청난 돌풍을 일으키고 있었다.

　올 시즌 무섭도록 승수를 쌓았던 세인트루이스 카디널스는 6월이 시작되기 전까지만 하더라도 압도적으로 1위 자리를 지켰지만, 6월 한 달 내내 완전히 몰락의 길을 걸으면서 순위가 3위까지 미끄러진 상태였다.

　반대로 5월까지 중부 지구 최하위였던 피츠버그 파이리츠는 6월 한 달 동안 무섭도록 승수를 챙기며 현재는 2위 자리까지 치고 올라갔기에 언론에서는 내셔널리그 중부 지구의 6월을 하늘과 땅이 뒤바뀐 달이라고 부르기까지 했다.

　6승 2패.

　시즌 후반기가 시작되고 피츠버그 파이리츠는 여전히 무서운 상승세를 유지하고 있었다.

　'토니 브렉맨.'

　경기장 한쪽에서 배트를 휘두르며 몸을 달구고 있는 타자.

193㎝가량의 키에 적당히 근육이 붙은 몸집의 금발 백인 선수가 바로 6월 내셔널리그 이달의 선수상을 수상한 토니 브렉맨이다.

차기 해적선장이라 불리는 토니 브렉맨은 본래 훌륭한 타자다.

외야 어느 포지션에 갖다 놓아도 수준급의 수비력을 갖췄다고 평가를 받고 있으며, 메이저리그 7년 통산 타율이 0.291로 타격에서도 실력이 뛰어났다. 여기에 해마다 평균 25개 이상의 홈런을 때릴 수 있는 파워와 20개 이상의 도루를 할 정도로 빠른 발까지 가지고 있었으니 피츠버그 파이리츠 입장에서는 제2의 앤드류 맥커친을 꿈꿔볼 수 있는 선수다.

그런 토니 브렉맨이 6월 한 달 동안 크레이지 모드를 발동시켰다.

타율 0.394, 출루율 0.549, 장타율 0.663이라는 무지막지한 성적을 기록하며 6월 동안 퍼펙트게임 포함 4승 무패를 기록한 나를 가차 없이 제치고 이달의 선수상을 수상했다.

일각에서는 드디어 토니 브렉맨의 기량이 만개했다며 호들갑을 떨었고, 일부 기자들과 전문가들은 반짝 활약일 것이라며 냉정하게 평가를 하기도 했다.

어쨌든 중요한 건 6월 한 달 동안 폭발적인 활약을 한 토니 브렉맨이 후반기가 시작된 지금도 무서운 상승세를 유지하고 있다는 점이다.

오늘 경기의 분수령.

내가 오늘 경기에서 승리 투수가 되기 위해서는 반드시 토니 브렉맨의 상승세를 꺾어놔야만 한다.

"후우우."

매 경기마다 쉬운 경기가 없다.

하지만 그렇기에 매 경기가 재밌는 메이저리그였다.

무엇보다 오늘은 아주 오랜만에 부모님과 지아가 경기장까지 찾아와서 응원을 해주고 있었다.

반드시 승리 투수가 되어 부모님과 지아를 기쁘게 해주고 싶었다.

*   *   *

딱.

높이 떠오른 타구를 바라보며 살짝 삐뚤어진 모자를 바로 썼다.

굳이 볼 것도 없었다.

타구는 중견수인 던컨 카레라스의 시야에서 벗어나지 못하니까.

1루로 뛰어가는 토니 브렉맨 역시도 베이스를 밟지 못하고 멈춰섰다.

3타수 1안타.

내게서 2루타를 뽑아내기는 했지만, 타점이나 득점으로는 연결되지 못했던 안타였다.

아쉬움 가득한 눈으로 나를 바라보던 토니 브렉맨이 고개를 돌렸다.

토니 브렉맨과의 승부가 끝으로 나 역시 마운드에서 내려왔다.

8이닝 2실점.

2점이나 앞서고 있으니 9회 말 이변이 벌어지지 않는 이상 승리가 날아갈 일은 없다.

아쉬운 점이라면 실점을 2점이나 하고 말았다는 점이다.

오랜만에 가족들이 다 지켜보는 경기였기에 무실점으로 되도록 가장 멋있는 승리, 완봉승을 따내고 싶었지만, 폭주하는 해적선을 상대로 무실점 승리를 거둔다는 건 생각만큼 쉽지 않았다.

만약, 타선의 지원이 없었다면?

오히려 2실점으로 인해 패전 투수가 되었겠지.

아이싱을 하는 내내 입안이 쓰게 느껴졌다.

"하필이면 가족들이 응원 온 날 2실점이라니……."

내 중얼거림에 곁에 앉아 있던 형수가 딱딱하게 굳은 표정으로 말했다.

"넌 시합에 출전이라도 했지, 난 뭐냐? 젠장! 부모님 오셨을 때, 멋지게 한 방 때려줬어야 했는데! 아~ 벌써부터 지아의 냉혹한 눈길이 두렵다!"

후반기 시작과 동시에 토렌스가 복귀했다.

토렌스의 복귀로 다시 백업 포수의 자리로 돌아간 형수로서는 경기에 출장하지 못하는 자신의 처지가 못마땅할 수밖에 없었다.

토렌스의 빈자리를 훌륭하게 지켰다는 평가를 받으며 구단 내에서의 관심도가 크게 상승한 형수였지만, 아직까지 확실한 주전 포수가 될 순 없었다.

"조급하게 생각하지 마. 맥브라이드 단장도 그렇고, 게레로 감독도 다저스의 미래를 짊어질 핵심 선수 중 한 명으로 지목했다잖아. 혹시 알아? 내년 시즌부터는 네가 주전 포수가 될 수 있을지."

내 말에 그제야 형수가 살짝 얼굴 표정이 밝아졌다.

"그럴까?"

"가능성 있어. 그러니까 시즌 초반처럼 조급하게 생각하지 말고 느긋하게 여유를 가져."

"나도 알지. 그런데 내 얼굴을 봐라."

시커멓게 탄 얼굴을 바짝 들이대는 형수였다.

"이 꼴이 될 정도로 땡볕 아래서 그렇게 특훈을 했는데 정작 시합에서는 훈련의 성과를 보여주지도 못하고 있으니 내 심정이 얼마나 답답하겠냐? 몰리나가 그러더라. 아무리 훈련을 많이 해도 실전에서 써먹지 못하면 절대 몸에 배지 않는다고. 이렇게 벤치나 달구다가 2주 동안 개고생해 가며 익힌 훈련들이 다 날아갈까 걱정이다."

형수의 푸념을 듣는 동안 경기가 끝났다.

기대대로 샌디 펠런이 2점 차 리드를 굳건하게 지켜주며 세이브를 올렸다.

이걸로 17승 무패 0.72의 평균자책점을 기록하며 여전히 0점대 평균자책점을 유지할 수 있었다.

그리고 시간은 누가 잡아당기기라도 한 것처럼 빠르게 흘렀다.

*   *   *

"오랜만에 뵙습니다."

차동호 기자는 여전했다.

트레이드마크라고 여겨도 상관이 없을 금테 안경과 체형에 비해서 커 보이는 서류 가방을 여전히 어깨에 걸치고 나타났다.

"식사는 하셨습니까?"

때마침 점심시간이었다.

"괜찮습니다."

손사래를 치는 차동호 기자였지만, 어차피 내가 점심을 먹어야 하는 시간이었기에 그와 함께 식탁에 앉았다. 괜찮다고 했던 것과 다르게 차동호 기자는 무척이나 맛있게 밥을 먹었다. 무려 두 그릇이나.

점심 식사를 마치고 나자 주혜영이 차를 내왔고, 차동호 기자는 곧바로 인사를 했다.

"음식이 정말 맛있습니다. 덕분에 생각지도 않았던 과식을 하고 말았습니다."

"맛있게 드셨다니 다행입니다. 그럼 말씀들 나누세요."

차동호 기자는 가만히 주혜영의 뒷모습을 바라보다 그녀가 남기고 간 차를 가볍게 들이켰다.

무슨 차냐, 향이 참 좋다는 말을 하고는 본격적으로 인터뷰를 시작했다.

"내셔널리그 8월 이달의 선수상을 수상하신 소감이 어떠십니까?"

"투수가 받는 모든 상은 결코 투수 혼자서 만들어 낼 수 없는 상이기에 가장 우선적으로 제가 승리 투수가 될 수 있고, 좋은 성적을 얻을 수 있도록 최선을 다해서 경기에 임해준 다저스의 모든 선수들과 함께 나눠야 할 상이라고 생각합니다."

"아직 9월 한 달이 남아 있는 시점에서 벌써 20승을 올리셨습니다. 루키 시즌 20승의 기록은 43년 만의 대기록입니다. 기분이 어떠십니까?"

"앞서 했던 질문의 답과 다르지 않습니다. 더해서 개인적인 소감을 밝히라면 무척이나 기쁩니다. 현재 5선발 체제가 확고하게 자리를 잡고 있는 프로 무대에서 20승은 무척이나 기록적인 수치라고 생각합니다. 선발 투수가 시즌 전체를 부상 없이 소화할 경우 32게임을 등판할 수 있습니다. 32게임 중 20승이라고 본다면 별것 아닌 것처럼 보이겠지만, 실제로 32번이나 선발로 등판하는 투수는 무척이나 보기 드물고, 힘든 일입니다. 때문에 저 역시 올 시즌 목표가 20승이었습니다. 시즌 일정이 한 달이나 남아 있는 상황에서 20승의 고지에 올라섰다는 건 사적으로도 무척이나 기쁘고 행복하며, 최고의 데뷔 시즌으로 평생 기억할 수 있을 것 같습니다."

차동호 기자는 녹음기를 켜놓은 상태에서 내가 하는 말들 중 포인트가 될 만한 단어들만 간략하게 수첩에 메모를 하고 있었다.

"3일 샌디에이고 파드리스 원정을 시작으로 6경기 정도가 남아 있다고 알고 있습니다. 쉽지 않은 일이지만, 만약 모든 경기에서 승리를 쌓게 된다면 1912년 래리 체니가 기록했던 데뷔 시즌 26승과 타이기록을 세울 수가 있게 됩니다. 등판 경기 수 자체가 차이가 많이 나기 때문에 타이기록이라 할지라도 실질적으로 차지혁 선수의 기록이 더욱더 높은 가치를 인정받게 될 텐데, 기록에 대한 욕심은 없으십니까?"

"남은 경기에서 모두 승리할 수 있다고는 생각하지 않습니다. 시즌 목표였던 20승을 달성한 것만으로도 무척이나 만족합니다."

"하지만 남아 있는 경기를 확률적으로 계산했을 때, 남은 6경기 중 4경기는 무난하게 승리를 거둘 수 있다는 통계가 나옵니다. 여기에 한 경기만 더 더한다면 25승 투수로 루키 시즌을 마감할 수 있게 됩니다. 이 부분에 대해서는 어떻게 생각하십니까?"

"야구가 기록의 스포츠이고, 통계적으로 계산이 가능한 스포츠라고 불리지만 경기는 실제로 해봐야 결과를 알 수 있습니다. 무수히 많은 변수가 발생할 수 있고, 아예 경기에 출전하지 못하는 상황이 발생할 수도 있습니다. 통계적인 계산대로 제가 24승에서 25승 투수가 될 수 있다면 그 역시 무척이나 기쁠 것입니다. 하지만 경기는 해봐야 압니다."

내 대답에 차동호 기자는 희미하게 웃었다.

"남은 6경기에서 차지혁 선수가 얼마나 승리를 더할지에 대한 관심도 높지만, 실제로 더 높은 관심을 받고 있는 건 따로 있습니다. 바로 투수라면 누구나 욕심을 낼 수밖에 없는 평균자책점과 탈삼진, 마지막으로 이닝입니다. 현재 기록으로 보자면… 휴우! 차지혁 선수는 25게임에 선발로 등판해서 무려 206이닝을 소화했고 325개의 탈삼진을 잡았으며, 0.70이라는 꿈의 0점대 평균자책점을 유지하고 있습니다. 올 시즌 메이저리그에 데뷔한 신인 투수라고 하기엔 정말이지 믿기지 않는 기록인데, 차지혁 선수 본인은 스스로의 기록에 대해 어떻게 보십니까?"

물어 볼 필요가 없는 질문이다.

언론에서 떠들어대는 것처럼, 팬들이 팬 사이트에 하루에도 수십 차례나 언급할 정도의 '기적'과도 같은 기록이기 때문이다.

솔직하게 말해서 나 역시도 내 기록에 대한 의심이 들 때가 한두 번이 아니었다.

대답을 기다리는 차동호 기자를 바라보며 입을 열었다.

"다른 분들이 생각하시는 것과 같습니다. 솔직히 제 기록이기는 하지만 이게 현실인가 싶을 때가 한두 번이 아닙니다."

길게 대답할 것도 없었다.

차동호 기자도 굳이 긴 대답을 원하지 않았다는 듯 웃으며 날 바라봤다.

"차지혁 선수 본인 스스로도 믿기지 않는다는 말씀이시군요. 하하하. 하지만 어쨌든 기록은 기록이고 아직 시즌이 끝나지 않았으니 이 기록에 대해서 더욱더 자세히 이야기를 나눠보겠습니다. 우선 현실적으로 올 시즌 차지혁 선수가 새롭게 기록에 등재할 수 있는 것들은 탈삼진과 평균자책점입니다. 탈삼진 기록의 경우 1973년 놀란 라이언의 383개를 현대 야구에서 최고의 기록으로 말하고 있습니다. 현재 차지혁 선수가 325개를 기록하고 있으며, 경기당 13개의 탈삼진을 기록하고 있으니 남아 있는 경기에서도 이와 같은 수치를 유지할 경우 무려 403개라는 어마어마한 기록을 달성할 수 있게 됩니다."

400개의 탈삼진.

1800년대에는 500개가 넘는 탈삼진을 기록한 투수도 있었지만, 그때의 기록을 지금과 비교하기엔 어려우니 실질적으로 놀란 라이언의 383개가 최고라 부를 만했다.

이 기록조차 1973년도의 기록이다.

무려 54년 만에 새로운 기록이 달성되는 거다.

"탈삼진도 대단한 기록이지만, 무엇보다 더 놀라운 기록은 다름 아닌 평균자책점입니다. 메이저리그 역대 최저 평균자책점은 1968년 밥 깁슨의 1.12를 최저 기록으로 인정하고 있습니다. 0.16을 기록했던 랠프 윅스와 더치 레너드의 0.96의 기록은 1910년대 이전의 기록이라서 정식으로 인정을 받지 못하니 실질적으로 현재 차지혁 선수는 메이저리그 역대 최저 평균자책점을 유지하고 있는 셈입니다. 탈삼진과 평균자책점은 투수에게 있어 굉장히 자부심 넘치는 기록인데, 이 두 가지의 기록에 대한 욕심은 없으십니까?"

"현재로서는 제가 새로운 기록을 쓸 수 있는 성적을 유지하고 있지만, 차동호 기자님도 아시다시피 투수에게 있어 탈삼진과 평균자책점은 마음대로 컨트롤을 할 수 있는 부분이 아닙니다. 수치상으로 봤을 때, 당장 남은 여섯 경기에서 7이닝을 모두 소화하고 2실점씩만 한다 하더라도 당장 평균자책점이 1점대로 치솟아 버립니다. 선발 투수가 7이닝 2실점이면 충분히 자신의 몫을 다했다고 평가를 받습니다. 지금까지는 제가 기대 이상의 성적을 냈지만, 당장 다음 경기에서 어떻게 될지 아무도 장담할 수 없습니다. 탈삼진 역시도 마찬가지입니다. 기록에 대한 개인적인 욕심은 분명 있습니다. 없다면 그건 거짓말일 겁니다. 하지만 언제나 기자 분들과의 인터뷰에서 말을 하듯이 전 매 경기마다 팀을 위해서, 승리를 위해 공을 던지지 결코 개인의 성적과 기록에 연연해서 공을 던지진 않습니다. 모든 분들이 기대하시고 계신 기록들은 지금처럼 제가 욕심 부리지 않고 마운드에서 최선을 다해 공을 던진다면 어느 정도 보상이 뒤따를 수 있다고 생각할 뿐입니다."

이건 솔직한 내 진심이다.

그리고 차동호 기자는 이런 내 진심을 조금의 의심이나, 색안경을 끼지 않고 받아줄 수 있는 사람이었다.

"이번 질문은 좀 민감하고 거북할 수 있습니다만, 미리 양해를 부탁드리겠습니다. 일각에서는 현재 차지혁 선수의 기록이 너무 뛰어나서 데뷔 시즌의 기록이 선수 생활 전체의 커리어 하이를 기록할 것이라고 확신을 하고 있습니다. 이 부분에 대해서는 어떤 생각을 가지고 계십니까?"

커리어 하이(Career high).

개인 통산 최고의 성적을 달성한 한 시즌의 기록을 부르는 말.

보통은 특정 선수의 최고 전성기를 부르는 말이기도 하다.

그래서 종종 주변에서 들려오는 커리어 하이 시즌이라는

말이 내게는 무척이나 불편했다.

이제 갓 데뷔를 한 선수에게 커리어 하이라니.

돌려서 말하면 데뷔와 동시에 전성기를 찍고 이제 내리막길을 간다는 소리였으니 기분이 나쁘지 않을 수가 없다.

질문을 하는 차동호 기자 역시 미안해하는 표정이었지만, 이미 수많은 언론과 팬들 사이에서 너무나도 당연스럽게 나오고 있는 내용들이라 한 번쯤은 내 입장을 밝힐 필요는 있었다.

"저도 충분히 이해는 합니다. 남은 여섯 경기 전까지의 기록 자체만 놓고 본다면 분명 위대한 투수라 불리는 선수들의 커리어 하이에 충분히 비교가 되니 그런 소리가 나온다는 걸 공감합니다. 그렇지만 저는 이제 갓 메이저리그에 데뷔한 신인 투수입니다. 올 시즌의 기록이 저 스스로도 현실감이 떨어질 정도이긴 하지만 단언하건대 전 아직까지도 부족한 부분이 무척이나 많은 신인 투수일 뿐입니다. 기록상으로만 놓고 본다면 저 역시 어쩌면 올 시즌의 기록을 뛰어넘을 더·좋은 기록을 세울 수 있다고는 크게 생각하지 않습니다. 하지만 기록에 못 미친다고 해서 그것이 전성기를 지나 내리막길에 접어든 선수는 절대 아니라는 겁니다. 전 아직 배워야 할 부분도 많고, 이루고 싶은 목표도 많습니다. 메이저리그에 더욱더 확실하게 적응하고, 신체적으로

나 정신적으로 완숙의 단계에 들어서면 분명 올 시즌과 비교할 수 있을 정도의 좋은 성적을 낼 수 있다고 확신합니다."

자신 있게 대답했다.

나는 아직 전성기 근처에도 도달하지 못한 선수라는 걸 분명하게 밝혔다.

그런 내 대답에 차동호 기자는 무척이나 만족스러운 미소를 지어보였다.

"저 역시 차지혁 선수의 말에 공감합니다. 그리고 차지혁 선수의 말에 무척이나 흥분이 됩니다. 과연 차지혁 선수의 전성기 시절에는 어떤 공을 던질 것인지, 어떤 성적을 낼 것인지 벌써부터 온몸에 소름이 돋는 것 같습니다. 하하하."

이후로도 인터뷰는 계속해서 이어졌다.

차동호 기자와의 인터뷰는 언제나 느끼는 거지만 참 깔끔하고 매너가 있었다.

다른 기자들처럼 개인적인 신상을 털어보겠다고 교묘하게 질문을 해오거나, 갑작스럽게 날 당황시켜 기분을 상하게 만드는 일은 절대 없었다.

"마지막으로 올 시즌 LA 다저스의 포스트 시즌에 대한 가능성은 어떻게 생각하십니까?"

"데뷔 시즌부터 포스트 시즌을 경험한다는 건 무척이나 영광스러운 일입니다. 현재 다저스의 선수들은 단 한 명도 빼놓지 않고 당연히 포스트 시즌에 진출할 것이라고 믿고 있습니다. 저 역시 팀의 포스트 시즌, 더 나아가 월드 시리즈에서 우승할 수 있도록 최선을 다해서 공을 던질 뿐입니다."

"저 역시 차지혁 선수가 포스트 시즌과 월드 시리즈 무대에서도 멋지게 투구할 수 있길 바라겠습니다."

인터뷰가 끝나고 나는 곧바로 짐을 챙겨서 구단으로 향했다.

2일부터 시작되는 샌디에이고 파드리스 원정을 시작으로 시즌 종료까지 남은 게임은 고작 30게임.

내셔널리그 서부 지구의 순위는 LA 다저스와 샌프란시스코 자이언츠의 치열한 1위 다툼으로 사실상 결론이 난 상황이었다.

현재 1위는 LA 다저스였지만 0.5게임 차이로 샌프란시스코 자이언츠가 바짝 추격하고 있었으니 하루아침에 순위가 얼마든지 뒤바뀔 수 있었다.

설령 2위로 시즌을 마감한다 하더라도 최대한 많은 승리를 쌓아 승률을 올려야만 와일드카드라도 확보할 수 있으니 이미 포스트 시즌과 거리가 멀어진 구단들과 다르게 LA

다저스의 남은 일정은 살얼음판을 걷는 심정이라고 봐야
했다.

　2일 바닥을 박박 기고 있는 샌디에이고 파드리스를 상대
로 손쉽게 승리를 챙기고 3일, 시즌 21승을 향해 내가 등판
했다.

　그리고…….

　─오 마이 갓! 다저스의 선발 투수 척! 시즌 첫 강판입니
다!

Chapter 9

《차지혁 3회 강판! 메이저리그 데뷔 한 경기 최소 이닝 기록!》

9월 3일 금요일에 있었던 LA 다저스와 샌디에이고 파드리스의 경기에서 선발 투수 차지혁이 3회 만에 불펜투수 노릭스턴드와 교체를 당하고 말았다. 메이저리그 데뷔 이후 한 경기 최소 이닝으로 종전까지 6이닝이었던 기록을 갈아치웠다.

루키 시즌 20승을 달성하고, 무패 기록과 탈삼진, 평균자책점, 200이닝 이상의 압도적인 성적으로 데뷔와 동시에 LA 다저스의 에이스로 거듭난 차지혁이었기에 올 시즌 내셔널리그 서부 지구 최하위의 샌디에이고 파드리스를 상대로 시즌 21승을 손쉽게 챙길 것이라고 예상을 했다.

이날 차지혁의 컨디션은 나쁘지 않았다. 1회 샌디에이고 파드리스의 타선을 상대로 삼진 2개와 땅볼 하나를 만들어내며 쾌조의 스타트를 선보이며 모든 예상이 틀리지 않았음을 증명했다.

특히 1회부터 타선의 지원까지 얻으며 3점 차 리드 속에서 편안하게 투구를 가져갈 수 있었던 차지혁이었지만, 2회 말 선두 타자 샌디에이고 파드리스의 4번 타자 윌리 아다메스의 타구가 오른쪽 발등에 직격하면서 이날의 불운이 시작되었다.

빠른 속도로 날아온 타구를 피하지 못하고 그대로 발등을 내주고 만 차지혁은 재빨리 튀어 오르는 공을 잡아서 1루로 송구를 했다. 이때까지만 하더라도 차지혁의 부상이 심할 것이라고는 어느 누구도 예상하지 못했다. 차지혁 선수 본인 스스로도 괜찮다며 투구를 이어나가길 주장했고, 결국 게레로 감독은 그를 교체하지 않았다.

그러나 발등에 직격한 타구는 결코 가볍게 넘어갈 수 있는 일이 아니었다. 이어진 5번 타자 호마 레예스에게 던진 초구 포심 패스트볼이 스트라이크 존을 크게 벗어나더니 두 번째 공이 타자의 몸 쪽으로 깊이 들어와 유니폼을 살짝 스치며 시즌 첫 번째 몸에 맞는 공을 기록하고 말았다. 흔들리는가 싶었던 차지혁이었지만, 6번 타자 호스틴 헤지스를 삼진으로 잡아내며 게레로 감독의 마음을 안심시켜 놓은 그 순간. 7번 타자 에디 앤더슨에게 던진 초구 커브볼이 높은 코스로 밋밋하게 들어가며 시즌 첫 번째 피홈런이 되고 말았다.

올 시즌 3개의 홈런밖에 터뜨리지 못한 에디 앤더슨이었기에 더욱더 충격적이었다.

이후 타자를 상대로 내야 뜬공으로 2회를 마무리 했지만, 3회 말 다시 마운드에 올라온 차지혁은 3명의 타자를 상대로 안타 하나와 연속으로 볼넷으로 내주며 몸 상태가 정상이 아님을 보여주었고, 게레로 감독도 걱정스러운 표정으로 결국 투수 교체를 지시했다.

교체된 노릭 스턴드는 몸도 제대로 풀리지 않은 채, 무사 만루라는 부담스러운 상황에서 풀카운트까지 가는 접전 끝에 도미닉 스미스에게 대형 만루 홈런을 맞았고, 이로서 차지혁은 책임 주자였던 3명이 모두 득점에 성공하며 순식간에 5실점 경기가 되고 말았다.

이날 경기는 역전에 재역전을 거듭하며 LA 다저스가 간신히 8 : 7로 승리했지만…….

2이닝 5실점.

프로 데뷔 이후 최악의 결과였다.

교체 투수인 노릭 스턴드가 홈런을 맞으면서 3실점이 추가됐다고 하지만 어찌되었든 3명의 주자를 베이스에 보낸 건 내가 한 일이니 노릭 스턴드를 탓할 수도 없었고, 그래서도 안 되었다.

욕심이었다.

분명 2이닝 5실점이라는 최악의 성적표를 받은 건 내 욕심이 부른 화였다.

'게레로 감독의 말을 들었어야 했는데.'

윌리 아다메스의 타구가 오른쪽 발등을 강타했을 때, 게레로 감독의 뜻대로 교체를 받아들였어야 했다.

생각보다 통증이 크지 않다는 이유만으로 교체를 거부했던 내 결정이 문제가 된 거다.

좌투수인 내게 오른쪽 발은 디딤발이다.

체중을 지탱하고, 모든 힘을 손끝으로 전달할 수 있게끔 기둥 역할을 해주는 발이 오른발이다. 그런 오른발이 흔들렸으니 제구가 제대로 될 리가 없었다. 억지로 제구를 잡으려고 하다가 실투가 나왔고 그것이 홈런으로 이어졌다. 홈런을 맞고 난 이후엔 더 이상 실투가 나와선 안 된다고 생각하니 다시 제구가 흔들렸다.

결국 악순환의 반복이 이뤄진 셈이다.

시즌 20승을 거두고 나니 그 이상의 승리에 욕심이 생겼던 걸까?

400탈삼진이 탐났던 걸까?

시즌 막바지라는 점도 분명 내 생각을 굳게 만들었을지도 모른다.

그랬을지도 모른다.

시즌 초반이었다면 남아 있는 경기들을 생각해서라도 몸을 사렸을 텐데, 이제 남아 있는 경기가 몇 경기 되지 않는다는 사실이 나로 하여금 포기할 수 없다는 생각을 갖게 해주었던 건지 모른다.

'결과적으로는 모든 걸 망쳐 버렸지만.'

3일 샌디에이고 파드리스와의 경기에서 강판을 당하고 곧장 병원으로 가니 발등 뼈에 금이 갔다는 진단이 나왔다.

스윽스윽스윽.

"뭐해?"

내 물음에 형수가 잠시만 기다리라고 말하고는 하던 일을 계속했다.

"됐다."

형수는 사인펜의 뚜껑을 닫으며 만족스럽게 웃었다.

"이렇게 해야 뼈가 빨리 붙는다고 하더라. 흐흐흐."

붓기가 빠져야 한다며 일주일 동안이나 반깁스를 하고

오늘 오전에 통깁스를 하고 오니 형수가 지저분할 정도로 깁스 표면에 낙서를 해놨다.

강철 다리로 재생해라, 데뷔 시즌 수고했다, 포스트 시즌에 꼭 마운드에 올라와라 등등 형수는 온갖 말들을 한글로 적어놨다.

"유치하기는."

내 말에 형수가 그러거나 말거나 자신의 작품에 만족하는 예술가처럼 흐뭇해했다.

2027년 메이저리그 데뷔 시즌은 끝이 났다.

시즌 종료가 되는 10월 3일까지는 마운드에 올라가기가 어려웠다.

빠르다 하더라도 10월 중순은 되어야 하는데…….

'디비전 시리즈도 어렵고 무조건 챔피언 시리즈에는 진출해야 할 텐데.'

10월 3일 시즌이 종료되면 곧바로 10월 5일과 6일에는 각각 아메리칸리그와 내셔널리그의 와일드카드 게임이 벌어진다.

와일드카드 게임이 끝나면 아메리칸리그는 7일부터 13일까지 디비전 시리즈가 치러지고, 내셔널리그는 8일부터 14일까지 디비전 시리즈가 끝난다.

챔피언 시리즈는 아메리칸리그가 역시 하루 빠르게 17일부터 25일까지, 내셔널리그는 18일부터 26일까지의 일정이 잡혀 있다.

마지막으로 대망의 월드 시리즈가 10월 30일 내셔널리그 홈팀에서 펼쳐진다.

통깁스를 풀고 재활과 마운드에 오를 수 있도록 몸을 만들려면 최소한 디비전 시리즈까지는 꼼짝없이 지켜만 봐야 한다. 그나마도 챔피언 시리즈 1차전 선발은 가능성이 희박했고, 3차전이나 4차전 정도에나 나올 수 있었다.

현재 LA 다저스는 같은 지구의 샌프란시스코 자이언츠와 여전히 1위 다툼 중이었다.

'27일부터 시작되는 샌프란시스코 원정 경기가 최종 1위를 결정지을 것 같은데.'

나뿐만 아니라 대다수의 전문가들과 팬들조차도 지구 1위를 섣부르게 판단내리지 못했다.

현재 1게임 차이로 LA 다저스가 1위를 지키고 있었지만, 남은 일정들이 결코 안심할 수 있는 수준이 아니었기 때문이다.

홈경기는 콜로라도(3차전), 피츠버그(3차전), 애리조나(4차전)가 남아 있었고, 원정 경기로는 애리조나(3차전), 콜로라도(3차전)이 남아 있었는데 현재 중부지구 1위까지 올라선 피츠버그의 무서운 상승세와 서부 지구 3위를 확정지은 애리조나, 콜로라도 원정은 절대 쉽지 않은 일정이었다.

무엇보다도 최대 승부처라 할 수 있는 27일 샌프란시스코 원정 4차전 경기는 LA 다저스에게 있어 가장 힘든 격전지가 될 가능성이 컸다.

내가 부상만 당하지 않았다면 4경기 출장이 가능했고, 그중 샌프란시스코 원정 경기에서도 선발 등판이 가능했으니 분명 팀의 포스트 시즌 진출에 큰 역할을 했을 것이 분명했다.

"뭘 그렇게 걱정 가득한 얼굴을 하고 있는 거야?"

형수의 말에 상념에게 깨어나며 녀석의 얼굴을 바라보며 말했다.

"형수야."

"왜?"

"챔피언시리즈에 공을 던질 수 있게 해줘."

"뭐?"

내 말에 형수가 가만히 날 바라보다 이내 조금씩 표정을 일그러트렸다.

"넌 그게 나한테 할 소리냐? 주구장창 벤치만 달구고 있는 백업 포수인 나한테 할 말이냐고! 너 나 놀리는 거지? 엉!"

형수가 잔뜩 골이 난 얼굴로 곰처럼 날 덮치며 헤드락을 걸었다.

"망할 자식! 오냐! 날 선발 라인업에 넣어주면 홈런이라도 뻥뻥 갈겨서 팀 승리에 최선을 다해보마! 당장 날 내일 선발에 넣어!"

악다구니를 쓰는 형수로 인해 나는 할 말이 없어졌다.

놀랍게도 다음 날 애리조나 원정 경기에서 형수가 오랜만에 선발 출전을 했다. 주전 포수인 토렌스가 훈련 도중 엄지손가락을 다치면서 포수 마스크를 쓸 수 없게 된 거다.

"흐흐흐흐! 야구의 신이 날 버리지 않았어! 남은 일정 하얗게 불태워 주마!"

그날 경기에서 형수는 벤치의 설움을 폭발시키며 3타수 3안타를 터뜨리며 팀 승리에 혁혁한 공을 세웠다.

그렇게 하루하루 시간이 흘렀다.

* * *

《마지막까지 긴장의 끝을 놓을 수 없는 NL 서부 지구 그 최종 승자는?》

《LA 다저스! 샌프란시스코 자이언츠 격파!》

《LA 다저스 내셔널리그 서부 지구 우승!》

《2027년 메이저리그 시즌 종료!》

《아메리칸리그 와일드카드 결정전 LA 에인절스 대 보스턴 레드삭스!》

《내셔널리그 와일드카드 결정전 세인트루이스 카디널스 대 샌프란시스코 자이언츠!》

《보스턴 레드삭스 가을 야구 진출!》

《세인트루이스 카디널스 가을 야구 진출!》

《AL 디비전 시리즈 뉴욕 양키스 대 보스턴 레드삭스!》

《AL 디비전 시리즈 디트로이트 타이거즈 대 텍사스 레인저스!》

《NL 디비전 시리즈 워싱턴 내셔널스 대 세인트루이스 카디널스!》

《NL 디비전 시리즈 LA 다저스 대 피츠버그 파이리츠!》

《뉴욕 양키스! 아메리칸리그 챔피언십 시리즈 진출권 획득!》

《텍사스 레인저스! 아메리칸리그 챔피언십 시리즈 진출!》

《세인트루이스 카디널스! 가을 좀비의 전설 증명! NLCS 진출!》

《LA 다저스! 막판 뒤집기에 성공! 올 시즌 돌풍의 주역, 피츠버그 파이리츠 제압하며 내셔널리그 챔피언십 시리즈 진출에 성공!》

가을 야구로 미국 전역이 들썩였다.

올 시즌 디비전 시리즈의 최대 이슈는 역시 지구 최대의 라이벌 뉴욕 양키스와 보스턴 레드삭스였다. 특히, 와일드카드를 획득하며 뉴욕 양키스의 길목을 다시 한 번 막아섰던 보스턴 레드삭스는 5차전까지 접전을 벌이며 뉴욕 양키스를 진땀나게 만들었다.

그리고 가을 좀비 세인트루이스 카디널스는 올해도 와일드카드 결정전부터 시작해서 챔피언십까지 꾸역꾸역 올라오며 가을 야구 끝판왕의 면모를 보여주고 있었다.

이제 남은 건 리그 최종 우승팀과 양대 리그 통합 챔피언을 가리는 경기뿐이었다.

1년 내내 야구에 푹 빠져서 살던 팬들로서는 양대 리그 통합 최대 21경기밖에 남지 않았다는 사실이 무척이나 아쉬울 수밖에 없었다.

"어때? 발은 괜찮아?"

"내일이라도 당장 마운드에 올라갈 수 있을 정도로 좋아."

다저스가 지구 우승을 하면서부터 나는 재활에 온 힘을 쏟았다.

디비전 시리즈에서 피츠버그 파이리츠에게 연패를 당했을 때에도 다저스가 반드시 챔피언 시리즈에 올라갈 것이라고 굳게 믿었다.

그런 내 믿음대로 다저스는 막판 역전에 성공했다.

이제는 내 차례다.

게레로 감독도 내게 빠르면 2차전, 늦어도 3차전에는 마운드에 오를 수 있도록 최종적으로 컨디션을 점검해 놓으라고 주문을 했다.

시즌 종료의 아쉬움을 모두 털어낼 기회다.

'이왕이면 월드 시리즈까지 가야지.'

월드 시리즈.

야구 선수라면 누구나 꿈을 꿔보는 꿈의 무대다.

IBAF 챔피언스 리그가 전 세계적으로 크게 유명세를 떨치고 있다고 하지만 아직까지 메이저리그 월드 시리즈가 가지고 있는 전통성과 자긍심은 따라갈 수가 없었다.

"나 내일도 선발이다. 흐흐흐!"

형수가 자랑처럼 내게 말했다.

"그래, 멋지게 또 한 번 보여줘."

"당연하지! 가을 사나이! 장형수! LA 다저스의 구원자! 나만 믿어라! 내가 월드 시리즈로 가는 티켓 끊어줄 테니까! 크흐흐흐흐!"

과장되게 스스로를 포장하며 자신감을 터뜨리는 형수였지만, 녀석이 밉다거나 자만 떤다고 핀잔을 줄 수는 없었다.

9월 한 달간 누구보다 LA 다저스에서 큰 활약을 한 선수가 형수였다.

내셔널리그 9월 이달의 선수상 후보에까지 올라갔을 정도로 형수는 9월 성적이 뛰어났다.

하지만 진정한 가치는 디비전 시리즈였다.

디비전 시리즈 성적 23타수 8안타 1홈런.

타율 0.348으로 팀 내 최고 성적을 유지하고 있었으며, 결정적으로 마지막 5차전에서 역전 3점 홈런을 터뜨리며 팀을 챔피언 시리즈로 올려놓았다.

디비전 시리즈에서 놀라운 활약을 보여줌으로써 형수의 가치는 무척이나 상승한 상태였다.

어쩌면 정말로 내년 시즌에는 토렌스의 자리를 위협할지도 몰랐다.

"잘 봐둬. 이 형님이 내일 좀비를 어떻게 때려잡는지!"

자신만만한 말처럼 세인트루이스 카디널스와의 1차전에서 형수는 2안타를 터뜨리며 진정한 가을 사나이라는 걸 증명했다.

무엇보다 내가 빠진 공백을 훌륭하게 지킨 건 원조 에이스 필 맥카프리였다.

LA 다저스에서의 마지막 시즌이 될지도 모른다는 필 맥카프리는 월드 시리즈를 향해 최선을 다하고 있었다.

그렇게 1차전을 승리하고 은근히 2차전 선발을 기대했던 나를 게레로 감독은 3차전 선발로 확정지었다.

홈에서 2연승을 이어가면 원정에서 나를 선발로 세인트루이스 카디널스의 기를 확실하게 꺾어 버리겠다는 작전이었다.

그러나 아쉽게도 세인트루이스 카디널스는 가을 좀비답게 2차전을 승리하며 1승 1패의 팽팽한 긴장감을 유지한 채 부시 스타디움(Busch Stadium)으로 우리를 끌어들였다.

*   *   *

내셔널리그 챔피언십 시리즈 3차전.

LA에서 공평하게 1승 1패를 나눠가진 다저스와 카디널스는 절대 물러설 수 없는 3차전을 시작했다.

특히, 오늘의 관전 포인트는 메이저리그 데뷔 첫 포스트 시즌 선발 투수로 마운드에 오르는 내가 과연 얼마나 선발 투수로서, LA 다저스의 신형 에이스로서 자기의 역할을 해줄 수 있느냐였다.

시즌 막판 부상을 당하면서 복귀를 하는 첫 번째 경기가 챔피언십 시리즈였고, 시즌 내내 막강한 모습을 보였다 하더라도 포스트 시즌에만 들어서면 이상할 정도로 와르르 무너지는 선발 투수들이 즐비한 메이저리그였기에 꽤 많은 언론들이 그런 모습을 은근히 기대하고 있기도 했다.

물론, 그런 기대를 들어줄 생각은 전혀 없었다.

부웅!

파앙!

"스트라이크! 타자 아웃!"

세인트루이스 카디널스의 1번 타자 브라이언 케니시는 94마일의 컷 패스트볼에 헛스윙을 하며 첫 번째 아웃 카운트를 헌납했다.

1회 초, LA 다저스의 공격이 삼자범퇴로 싱겁게 끝나고 1회 말 세인트루이스 카디널스의 첫 번째 공격이 시작됐지만, 1번 타자 브라이언 케니시가 공 4개 만에 삼진을 당하며 무기력하게 타석에서 물러났다.

오늘 컨디션은 최상이다.

이보다 더 좋을 수 없다는 말이 나올 정도로 온몸이 가벼웠다.

무엇보다 부상으로 인해 오랜 시간 마운드에 오르지 못하며 팀이 포스트 시즌에 진출하기만을 간절히 희망했던 날들에 대한 은근한 스트레스를 오늘 모조리 풀어버릴 작정이었다.

퍼— 어엉!

"스트라이크!"

시원스럽게 포수 미트에 꽂히는 공만큼이나 호쾌한 주심

의 선언에 내 입가엔 미소가 그려졌다.

반대로 타석에 서 있는 샘 브루노아의 표정은 살짝 굳어 있는 게 보였다.

2구는 몸 쪽 높은 코스의 포심 패스트볼을 던졌다.

부웅!

스트라이크 존을 살짝 벗어나는 높은 볼이었기에 샘 브루노아의 배트가 닿질 못하며 허공을 갈랐다.

'승부는 최대한 빠르게.'

포수 마스크를 쓰고 있는 형수도 나와 같은 마음이라는 듯, 좌타자인 샘 브루노아의 바깥쪽을 살짝 걸치고 빠져나가는 컷 패스트볼을 요구해 왔다.

딱.

2스트라이크 노볼이라는 상황이 샘 브루노아의 스트라이크 존을 확장시켰고, 그의 인내심을 바닥으로 끄집어 내렸다.

배트 끝에 살짝 걸리며 타구가 3루 방면으로 튕겨져 나가자 미리 준비를 하고 있던 3루수 코리 시거가 빠른 발로 달려 나오며 타구를 잡아 1루로 송구했다.

펑!

"아웃!"

좌타자인 샘 브루노아가 있는 힘껏 이를 악물고 달렸지

만, 공보다 빠를 순 없었다.

3번 타자, 더그레이 세인트가 타석에 들어섰다.

2027년 시즌 타율 0.309에 홈런 36개를 날리면서 카디널스의 중심타자 역할을 확실하게 해준 더그레이 세인트는 배트를 길게 잡고 차분한 시선으로 날 바라보고 있었다.

계산기라 불리며 쉽게 흥분하지 않는 더그레이 세인트의 성향을 잘 알고 있었기에 형수와 초구에 대한 사인을 신중하게 주고받았다.

낮은 코스의 스트라이크 존을 살짝 걸치는 포심 패스트볼.

심판의 성향에 따라서 볼 선언을 받을 수도 있겠지만, 스트라이크 선언을 받게 된다면 확실하게 이번 승부를 유리하게 끌고 갈 수 있었으니 충분히 던져 볼 만한 공이었다.

와인드업을 하고 원하는 코스로 공을 던졌다.

퍼엉!

"볼!"

1초의 망설임도 없이 주심은 볼을 선언했다.

형수가 미트를 내민 자세 그대로 멈춘 상태로 고개만 갸웃거렸다.

스트라이크가 아니냐는 행동이었지만, 주심은 눈 하나 깜빡이지 않으면서 자신의 판정에 조금의 의심도 갖질 않았다.

방금의 판정은 분명 심판의 성향에 따라 스트라이크와 볼을 얼마든지 뒤바꿀 수도 있었지만, 내 예감이 맞다면 세인트루이스 카디널스의 홈이라는 이점이 더욱더 크게 작용하고 있을 것만 같았다.

시즌 경기도 아니고 내셔널리그 챔피언을 가리는 중요한 경기에서 홈 어드밴티지라니.

쓴웃음이 나왔지만, 어쩔 수 없는 일이었기에 스트라이크 존을 확실하게 잡고 들어가야겠다는 생각을 굳혔다.

1볼 상황에서 두 번째로 던진 공은 누구라도 스트라이크 선언을 할 수밖에 없는 몸 쪽 코스의 파워 커브였다.

더그레이 세인트는 스트라이크를 잡기 위해 커브가 들어오고 있는 걸 알면서도 배트를 휘두르지 않았다.

확률을 높이는 거다.

내가 던지는 공의 구질과 구속을 조금 더 신중하게 파악하고 난 이후에 확실한 안타를 생산하기 위한 스윙을 하겠다는 계산이다.

그렇다면 더그레이 세인트의 계산을 흔들어 놓아야 한다.

형수의 포심 패스트볼 사인을 거부하고 내가 사인을 보냈다.

지금까지 단 한 번도 없었던 전혀 다른 새로운 사인.

"타임."

형수가 주심에게 타임을 요청하고 마운드로 올라왔다.

"진심이냐? 이제 경기 시작했어. 벌써부터 그걸 던지기엔 너무 이르지 않겠어?"

"시작했으니까 던지는 거야."

"뭐?"

"시작부터 카디널스 타자들을 완전히 흔들어 놔야 오늘 경기가 우리 뜻대로 풀릴 것 같거든."

내 말에 형수가 무슨 뜻인지 알겠다는 듯 고개를 끄덕였다.

"좋아. 네가 그렇게 판단을 한다면 믿고 따라가야지. 마음껏 던져 봐. 확실하게 잡아줄 테니까."

내 어깨를 툭툭 치며 격려를 하고 형수가 마운드를 내려갔다.

1스트라이크 1볼 상황에서 천천히 와인드업을 하고 3구를 던졌다.

쇄애애애액.

자신의 몸 쪽으로 파고 들어오는 날카롭고 빠른 패스트볼에 더그레이 세인트의 배트가 기계적으로 튀어나왔다. 정확한 계산에서 자신의 궤도를 정확하게 그리며 나오는 더그레이 세인트의 스윙은 언제 봐도 군더더기 하나 없이 깔끔했다.

하지만 그런 깔끔한 스윙이 언제나 더그레이 세인트의

계산대로 질 좋은 안타를 생산해 내는 건 아니었다.

딱.

배트에 공이 맞기 직전 몸 쪽으로 더욱더 꺾여 들어갔다.

배트 안쪽에 공이 빗맞으면서 타구가 어설프게 1루 방면으로 튕겨져 나갔고, 1루 수비를 보고 있던 케럴 발렌타인이 안정적으로 공을 잡고 1루 베이스를 밟았다.

그러는 동안 더그레이 세인트는 1루 베이스를 향해 절반 정도밖에 달리지 못하곤 멈춰 섰다.

한 손에 배트를 들고 서 있는 더그레이 세인트는 혼란스러운 얼굴로 날 바라보고 있었다.

새로운 구종, 투심 패스트볼이 그에게 던져 준 파문은 생각보다 강렬한 듯싶었다.

더그아웃으로 들어서자 투수 코치가 나를 향해 엄지손가락을 치켜들었다.

"멋진 투심이었다. 카디널스 더그아웃에서 난리가 났을 거다."

투수의 구종은 말 그대로 무기다.

그렇지 않아도 상대하기가 만만하지 않은 차지혁이라는 투수에게 또 다른 무기가 들려 있으니 세인트루이스 카디널스 타자들로서는 머릿속에 무척이나 복잡해질 수밖에 없다.

결정적인 순간에 투심 패스트볼을 던진다?

나쁘지 않은 선택이다.

흔한 말로 필살기로, 결정구로서의 핵심적인 역할을 할 수 있을 테니까.

그런데 고작 한 명의 타자를 상대하기 위해 훌륭한 구종을 아낀다는 건 좋은 선택이 아니다.

경기 시작과 동시에 타자들에게 새로운 구종을 던지면 그 효과는 당일 경기 내내 이어진다.

혼란이 생기기 때문이다.

카디널스 타자들은 경기 직전까지 내가 던지는 구종을 분석해 가며 이미지 트레이닝을 해왔을 거다. 그로 인해 나를 어떻게 상대해야 할지에 대한 각자의 공략법이 이미 만들어졌을 가능성이 크다.

그런데 경기 초반부터 전혀 없던 구종을 던진다면?

이미지 트레이닝이 무용지물이 되고, 공략법 또한 폐기 처분해야 한다.

무엇보다 투수인 내가 선택할 수 있는 폭이 넓어지면서 편안하게 경기를 주도해 나갈 수가 있게 된다.

이런 점들 때문에 1회부터 나는 투심 패스트볼을 적극적으로 던지기로 결정한 거다.

딱!

마이크 트라웃의 타구가 1루수 키를 살짝 넘기며 우익수 방면으로 빠르게 굴러갔다.

평범한 1루타로 끝날 안타였는데, 놀랍게도 수비 실력이 수준급인 더그레이 세인트가 공을 더듬거렸고, 그 사이 트라웃이 2루를 향해 내달렸다.

나이를 먹었어도 여전히 발이 빠른 트라웃은 전성기 시절의 멋진 슬라이딩으로 베이스에 안착하며 양팔을 높이 치켜들었다.

"충격이 꽤 큰 모양인데?"

토렌스가 고개를 절레절레 젓고 있는 더그레이 세인트를 바라보며 히죽 웃었다.

투심 패스트볼에 아웃을 당하고 머릿속에 복잡해진 거다.

이렇게까지 좋은 상황이 이어질 거라고는 생각하지 못했지만, 어쨌든 2회 초부터 득점 찬스를 잡았으니 선발 투수인 내게는 기쁜 일이었다.

이런 호기를 잡은 타자는 가을 사나이, 형수였다.

확실하게 5번 타자 자리를 잡은 형수는 자신만만한 표정으로 세인트루이스 카디널스의 선발 투수, 제이 파브로와 맞상대를 시작했다.

초구는 몸 쪽 스트라이크였고, 형수는 가만히 지켜보기

만 했다.

2번째 공은 낙차 큰 커브였는데 확연하게 스트라이크 존을 벗어나는 유인구였기에 형수의 배트가 나오지 않았다.

1스트라이크 1볼 상황에서 제이 파브로가 선택한 3구는 85마일의 체인지업이었는데, 애초부터 노렸던 공인지 형수의 배트가 타구를 크게 밀어냈다.

쭉쭉 뻗어나간 공은 아쉽게도 펜스에 맞으면서 홈런이 되지는 못했지만, 2루에 있던 트라웃을 홈으로 불러들이는 데 큰 역할을 해냈다.

아쉬운 1타점 2루타를 터뜨린 형수의 모습에 곁에 앉아 있던 토렌스가 입맛을 다셨다.

타격에서 형수가 워낙 불방망이를 휘두르다 보니 토렌스의 입지가 상대적으로 작아져 있었다.

포수로서의 능력이 미달이라면 모를까, 그렇지도 않으니 단기전 승부에서 형수가 토렌스를 밀어내고 선발로 출장하는 일이 잦아지는 건 어쩔 수 없는 게레로 감독의 선택일 수밖에 없었다.

1점을 실점하긴 했지만, 제이 파브로는 올 시즌 14승을 올린 투수답게 쉽사리 추가 실점을 허용하지 않으며 2회 초 LA 다저스 공격을 막아냈다.

"2점 정도는 더 뽑았어야 했는데."

포수 장비를 착용하며 형수가 아쉬움 가득한 음성으로 그렇게 중얼거렸다.

무사 2루 상황에서 3루 베이스도 밟지 못했으니 후속타에 대한 아쉬움이 큰 건 사실이었다.

"1점을 지키면 되잖아."

내 말에 형수가 멍하니 날 바라보다 이내 크게 웃었다.

"맞네! 지혁이 네 말이 맞다! 까짓것 추가 점수 더 못 뽑으면 어떠냐? 메이저리그 신인왕과 사이영상을 동시에 수상할 리그 최고의 투수가 버티고 있는데! 가자! 포스트 시즌 퍼펙트게임 한 번 가보자!"

포스트 시즌 퍼펙트게임이라니.

형수의 호기로운 외침이 허황되다 느껴지면서도 가슴 한 구석이 뜨거워졌다.

마운드에 올라서니 여기저기서 관중들의 목소리가 들렸다.

나를 응원하는 LA 다저스 원정팬들의 격려도 있었고, 야유를 뒤섞은 세인트루이스 카디널스 홈팬들의 악의적인 음성도 있었다.

새삼 오늘 경기의 마운드 높이가 얼마나 높은지 깨달았다.

다른 경기도 아니고 내셔널리그 챔피언을 결정짓는 경기다.

오늘 경기로 결판이 나는 건 아니지만, 중대한 기점이 될 수는 있었다.

"후우우우."

차분하게 호흡을 고르는 사이 타석에 타자가 들어섰다.

4월 내셔널리그 이달의 선수상을 수상했던 할 매케인은 타석에 서서 나를 의심스러운 눈으로 바라보고 있었다.

아직 부족한 거다.

고작 단 하나의 공만으로는 확신할 수 없다는 뜻이다.

당연히 그렇겠지.

데이터에는 전혀 없는 새로운 구종을 갑자기 던졌다는 건 충분히 의심할 만한 일이다.

아무래도 좋다.

중요한 건, 확인을 위해 인내를 가지고 타석에 들어섰다는 거니까.

고민 없이 초구와 2구를 던졌다.

포심 패스트볼과 컷 패스트볼을 연속으로 던지면서 스트라이크 카운트를 잡았다.

그리고 할 매케인의 의심이 더욱더 짙어지며 인내심마저 바닥이 날 때, 두 번째 투심 패스트볼을 던져 줬다.

부— 웅!

배트가 헛돌며 타자의 의심을 확인시켜 주었다.

투심 패스트볼을 던진다.

이 한 가지의 사실을 알려줌과 동시에 너무나도 쉽게 아웃 카운트 하나를 얻어냈다.

*　　　*　　　*

―삼진입니다! 삼진! 더그레이 세인트! 차지혁 선수의 96마일 포심 패스트볼에 방망이가 무기력하게 헛돌았습니다!

―투심 패스트볼을 너무 의식한 것 같네요. 반대로 말하면 차지혁 선수가 경기 초반부터 투심 패스트볼을 던짐으로써 세인트루이스 카디널스의 타자들에게 혼란을 준 것이 지금까지 경기를 주도할 수 있었던 요인으로 보입니다.

―차지혁 선수 정말 대단합니다. 복귀전, 그것도 챔피언십 시리즈라는 중요한 경기에서 그동안 숨겨왔던 투심 패스트볼을 경기 초반부터 선보이면서 세인트루이스 카디널스 타자들을 완전히 혼란스럽게 만들지 않았습니까? 보통의 투수들이었다면 결정적인 순간 투심 패스트볼을 결정구로 사용하였을 텐데, 차지혁 선수는 경기 초반부터 투심 패스트볼을 던지면서 칠 테면 쳐보라는 식으로 배짱 두둑한 투구를 이어나가고 있으니 참 대단하다는 말밖에 나오질 않습니다.

―차지혁 선수의 배짱이야 메이저리그 최고 수준이죠. 그렇다 하더라도 오늘과 같이 큰 경기에서는 아무리 베테랑 투수라 하더라도 긴장하게 마련인데, 차지혁 선수는 전혀 그런 모습을 보이질 않고 있지 않습니까? 저런 대단한 투수가 한국 나이로 21살, 미국 나이로는 고작 만 20세라는 게 믿기지 않을 뿐입니다.

―지난 16일이 차지혁 선수의 생일이었으니 만 20세가 된 것도 5일밖에 되지 않았습니다. 실제로 차지혁 선수는 만 19세의 나이로 미국 메이저리그 무대에 데뷔해서 내셔널리그 신인왕과 사이영상은 물론 MVP까지 거의 확정지었으니 정말 역사적으로 길이 남을 위대한 신인 투수로 기록될 것이 분명합니다. 말씀드리는 순간, 5회 초 LA 다저스의 공격이 시작되겠습니다. 선두 타자는 7번 타자 케럴 발렌타인입니다.

케럴 발렌타인은 트리플A에서 콜업되어 온 마이너리그 선수다.

3년 전, 드래프트를 통해 LA 다저스 유니폼을 입은 케럴 발렌타인은 고등학교 시절 포수 유망주로는 상당히 유명한 선수였고, 다저스 구단 내에서도 미래를 책임질 포수로 계약을 성사시켰다.

하지만 마이너리그 경기 도중 부상을 당했고, 그 결과 무릎에 치명적인 문제가 발생하면서 1루수로 전향을 할 수밖에 없었다. 당연히 포수 유망주였던 케럴 발렌타인의 미래는 흙빛으로 물들 수밖에 없었다.

전형적인 수비형 포수로 유명했으니까.

구단 내에서의 평가도 유망주로서의 가치가 없다 판정을 받았으니 계약 기간만 지나면 자연스럽게 방출, 혹은 값싼 트레이드 카드로의 활용 방안밖에 없었다.

그런 케럴 발렌타인에게 의외의 잠재력이 웅크리고 있었다.

"작년에는 더블A에서 3할에다가 16개의 홈런을 쳤는데, 올해는 트리플A에서도 3할에다가 19개의 홈런을 쳤으니 구단 내에서도 기대를 가져 볼 만하겠지."

덤으로 1루 수비에서도 꽤 수준급의 수비를 보여주고 있었기에 구단에서의 관심이 굉장히 높아진 상태였다.

"미치 네이의 연봉 보조도 문제였지만, 텍사스 측에서 케럴 발렌타인을 덤으로 끼워서 달라고 했기에 맥브라이드 단장이 절대 허용할 수 없다면서 판이 엎어졌다고 하더라."

나 역시 황병익 대표에게 들어서 잘 알고 있는 내용이다.

LA 다저스는 절대 돈이 궁한 구단이 아니다.

미치 네이의 연봉 보조가 통상적인 수준을 훨씬 벗어나

는 범위라 하더라도 맥브라이드 단장의 한마디면 마크 앨런 구단주가 충분히 허용할 수도 있었다.

텍사스에서 케럴 발렌타인까지 가지려고 했기에 트레이드가 무산된 거였다.

덕분에 시즌 후반기에 미치 네이가 몸값을 충분히 해주면서 시즌 종료 마지막까지 샌프란시스코 자이언츠와의 1위 다툼을 할 수 있었으니 결과적으로 7월에 미치 네이를 트레이드시키지 않은 것이 복이 된 건 사실이다.

문제는 포스트 시즌 첫 번째 경기에서 미치 네이가 손목에 이상이 생겨 수술대에 올라갔고, 부상 정도가 생각보다 심해서 내년 시즌 중반까지 복귀가 어렵다는 점이다. 올 시즌 후반기처럼 포스트 시즌에서도 활약을 해주었다면 올 겨울 어떻게든 트레이드나 이적을 노려볼 수 있었는데 그게 무산됐다는 게 맥브라이드 단장 입장에서는 아쉬울 수밖에 없을 거다.

그렇게 미치 네이가 빠진 자리를 급하게 메우기 위해 맥브라이드 단장은 작년에 이어 올 시즌마저 트리플A에서 좋은 활약을 한 케럴 발렌타인을 메이저리그로 승격시켰다.

결과만 놓고 본다면.

"트리플에서 아무리 잘나갔어도 메이저리그는 호락호락하지 않지. 거기에다 시즌 경기도 아니고 포스트 시즌이니 적응하기 쉽지 않겠지."

삼진을 당하며 축 늘어진 어깨로 더그아웃으로 돌아오는 케럴 발렌타인을 바라보며 형수가 아쉽다는 듯 그렇게 말했다.

지금이야 형수가 제대로 자리를 잡아가고 있었지만, 시즌 초반만 하더라도 케럴 발렌타인과 입장이 조금도 다르지 않았으니 누구보다 그 마음을 잘 알고 있는 거다.

"괜찮아! 괜찮아! 조금만 더 힘내!"

케럴 발렌타인을 향해 진심으로 격려를 해주는 형수의 모습을 바라보다 재빨리 헬멧과 배트를 들고 대기 타석으로 걸어 나갔다.

대기 타석에서 배트를 휘두르며 마운드를 바라봤다.

올 시즌 14승을 올린 카디널스의 3선발 투수 제이 파브로는 1실점 이후, 단 한 점도 추가 실점을 하지 않고 있었다.

올해 서른 살의 제이 파브로는 메이저리그 생활 7년 동안 78승을 올렸고, 최근 4년 동안에는 항상 13승 이상을 거뒀으며, 포스트 시즌 경험도 풍부해서 좀처럼 쉽게 흔들리는 모습을 보이지 않았다.

세인트루이스 카디널스의 무서운 점이 바로 여기에 있다.

비교적 젊은 선수들로 세대교체가 이뤄졌다고 하지만 포스트 시즌 경험은 결코 적지 않았기에 큰 경기에서도 절대 긴장하지 않고, 오히려 집중력 있는 모습으로 팀의 응집력을 보여주니 조금이라도 방심하는 순간 게임은 끝이 난다.

딱.

몸 쪽으로 휘어져 들어오는 슬라이더를 제대로 타격하지 못하면서 웨인 스테인의 타구가 유격수의 글러브에 잡히고 말았다.

2아웃 상황에서 내가 타석에 들어서니 제이 파브로의 표정이 한결 여유롭게 변했다.

지명타자가 없는 내셔널리그의 특성상 투수가 타석에 들어서면 마운드에 서 있는 상대팀 투수는 누구라도 긴장이 풀어지고, 조금이나마 여유를 되찾는다.

포심 패스트볼, 커브, 슬라이더, 체인지업.

제이 파브로가 던지는 구종들 중 나는 커브를 노리기로 했다.

96마일의 포심 패스트볼이나 85마일의 슬라이더를 어설프게 타격하기보다는 차라리 조금이라도 눈에 보이는 80마일 초반의 커브를 노리는 편이 그나마 확률적으로 안타를 치고 나갈 가능성이 높았다.

어설프게 공을 쫓아 타격하기보단 어차피 삼진을 당하더라도 하나의 구종을 노리는 편이 타격 재능이 떨어지는 내게 어울렸다.

쇄애애액.

퍼엉!

"스트라이크!"

한가운데로 들어온 포심 패스트볼에 너무 쉽게 스트라이크를 내주고 말았다.

시즌 타율 0.116의 나를 상대로 굳이 어렵게 승부할 필요가 없다는 생각이 강하겠지.

그건 내가 제이 파브로의 입장이 된다 하더라도 마찬가지였으니까.

퍼엉.

"볼!"

공을 던지고 난 제이 파브로의 눈가가 살짝 일그러졌다.

유인구라기보다는 체인지업의 제구가 살짝 벗어나면서 볼이 된 것 같았다.

세 번째 공이 날아왔고, 슬라이더가 다시 한 번 스트라이크 존을 벗어나며 볼이 됐다.

초구를 너무 쉽게 스트라이크로 잡았던 것에 비해 불필요한 2구를 낭비한 셈이다.

3구는 분명히 스트라이크 존으로 들어온다.

아무리 만만한 타자라 하더라도 굳이 1스트라이크 3볼 상황을 만들 필요는 없으니까.

'칠까?'

제구가 흔들린 체인지업이나, 방금 던졌던 슬라이더를 던질 가능성은 낮다.

제대로 스트라이크를 잡으려면 패스트볼이다.

스트라이크 존을 들어오는 패스트볼을 칠 것인가?

고민을 하다 이내 생각을 털어냈다.

처음부터 노렸던 커브만 친다.

굳게 마음을 다잡고 제이 파브로의 4구를 기다렸다.

와인드업을 하고 네 번째 공을 던지는 제이 파브로, 그리고 눈에 확연하게 들어오는 공의 궤적.

'커브.'

내가 벼르던 커브로 카운트를 잡으러 왔다.

유인구가 아닌 스트라이크를 넣기 위한 커브, 타자의 허를 찌르겠다는 커브였다.

보통의 타자들이었다면 여기서 패스트볼을 노리고 있었겠지.

공의 궤적이 눈에 또렷하게 보였다.

한가운데에서 살짝 낮은 코스.

원하는 공이 날아오니 고민할 것도 없고, 주저할 것도 없었다.

있는 힘껏 하체를 조이면서 허리를 틀어 배트를 휘둘렀다.

따— 악!

손 안에서 울리는 아주 작은 울림.

기분 좋은 시원스러운 타격음.

1루로 달리기보다는 내가 때려낸 타구를 바라보며 천천히 걸음을 옮겼다.

좌중간으로 아름다운 포물선을 그리며 날아가는 타구는 누가 봐도 홈런이었다.

ㅡ와아아아아아아아아아!

LA 다저스 원정팬들의 함성 소리에 귀가 먹먹해졌다.

1루 베이스를 밟고, 2루로 향하는 내 눈에 어처구니없다는 표정으로 서 있는 제이 파브로의 얼굴이 들어왔다.

커브를 던지면서 타자의 허를 찌르며 쉽게 카운트를 가져갈 수 있으리라 여겼겠지.

나 역시 스트라이크를 잡으러 올 걸 예상하고 패스트볼을 노리고 있었다면 커브에 완벽하게 속아서 어쭙잖은 헛스윙이나, 타이밍을 완전히 빼앗겨 멍하니 카운트를 내줘야만 했을 거다.

타석에 들어섰을 때의 다짐을 잊지 않고 밀고 나갔기에 지금처럼 최상의 결과가 나올 수 있었다.

홈 베이스를 밟으니 기다리고 있던 던컨 카레라스가 오른쪽 주먹을 내밀었다.

나 역시 오른 주먹을 내밀어 마주치고는 더그아웃으로 들어가니 누구보다도 형수가 가장 먼저 나를 향해 하이파이브를 해왔다.

"복귀전 한 번 진짜 화려하네! 포스트 시즌 첫 홈런 축하한다!"

"고맙다."

이어서 선수들 모두 내게 축하의 인사를 건넸다.

"멋진 홈런이었네."

게레로 감독도 활짝 웃으며 날 축하해 줬다.

선수들과의 축하 인사가 끝나기도 전에 또다시 축하할 일이 터졌다.

따— 악!

제이 파브로의 몸 쪽 낮은 코스의 포심 패스트볼을 던컨 카레라스가 그대로 담장 밖으로 날려 버린 거였다. 올 시즌 풀타임 출전을 하고도 고작 6개의 홈런밖에 때려내지 못한 던컨 카레라스의 홈런이라 그 의미가 더욱더 컸다.

백투백 홈런에 세인트루이스 카디널스의 감독이 마운드로 올라갔다.

제이 파브로의 교체보다는 그의 흥분된 마음을 진정시키기 위함이었고, 예상대로 감독 홀로 다시 마운드를 내려가며 경기가 이어졌다.

—9회 말에도 차지혁 선수가 마운드에 올라옵니다!

—8회까지 차지혁 선수의 투구수가 97개인 것을 감안하면 충분히 9회까지도 믿고 맡길 수 있을 겁니다. 단기전 승부라는 걸 감안하면 게레로 감독이 차지혁 선수로 하여금 세인트루이스 카디널스의 타자들의 기를 완전히 꺾어놓기로 작정한 것일 수도 있죠.

—그렇습니다. 오늘 경기가 이대로 끝이 난다면 내일 있을 4차전에서도 LA 다저스가 확실하게 상승세를 이어나갈 수도 있습니다. 8회까지 차지혁 선수는 단 하나의 안타만을 내주면서 아쉽게도 퍼펙트게임과 노히트 게임을 날렸습니다만, 포스트 시즌 완봉승이라는 것만 하더라도 대단하지 않겠습니까?

—물론이죠. 데뷔 첫해에 포스트 시즌에서 완봉승을 따내는 투수는 결코 흔하지 않죠. 더욱이 오늘 경기는 지난 9월 3일 샌디에이고 파드리스와의 경기 이후 무려 48일 만의 복귀전이니 이런 경기에서 완봉승을 거둔다는 것 자체만으로도 충분히 기립 박수를 받을 만한 일입니다.

—말씀하시는 순간, 세바스티안 로버츠 선수의 타구가 내야 높이 떴습니다! 유격수 크레이그 바렛 선수 주변 선수들에게 콜 플레이를 하며 안정적으로 타구를 잡아냈습니

다! 원 아웃! 차지혁 선수의 완봉승까지는 단 두 개의 아웃 카운트만 남겨두고 있습니다!

—크레이그 바렛 선수 참 안정적으로 내야 뜬 공을 처리하네요. LA 다저스의 유니폼을 입은 올 시즌에도 6년 연속 아메리칸리그 골든 글러브 수상자답게 명품 수비를 수없이 보여줬죠.

—올해 역시 내셔널리그 골든 글러브 수상이 유력하질 않겠습니까?

—내셔널리그 유격수들 가운데 가장 골든 글러브 수상에 가장 근접해 있다는 소리는 있습니다만, 결과는 지켜봐야 할 테죠.

—삼진! 차지혁 선수 오늘 경기 열다섯 번째 삼진을 잡아냈습니다! 이제 경기 종료까지는 단 하나의 아웃 카운트만을 남겨두고 있습니다!

브라이언 케네시의 배트가 허공을 가르고, 주심의 외침이 경기장을 관통하고, 형수가 벌떡 일어나 마운드로 달려오는 것으로 경기 종료를 알렸다.

최종 스코어 3 : 0.

48일 만의 복귀전에서, 내셔널리그 챔피언을 가리는 중요한 경기에서 9이닝 완봉승을 따냈다.

경기 최종 성적은 9이닝 무실점, 16탈삼진, 총 투구수는 107개.

내셔널리그 챔피언십 시리즈 전적은 2 : 1로 LA 다저스가 앞서기 시작했다.

내가 다시 마운드에 오를 때는 두 가지의 경우뿐이다.

26일 세인트루이스 카디널스와의 내셔널리그 챔피언십 시리즈 최종 7차전이거나.

10월 30일 야구 선수라면 누구나 꿈꾸는 메이저리그 월드 시리즈 1차전이거나.

하지만 최악의 경우도 존재한다.

세인트루이스 카디널스에게 연속 3연패를 당했을 경우.

그때는 내게 주어진 2027년의 야구가 끝났을 때다.

『100마일』 9권에 계속…

월야환담

· 채월야 · 홍정훈 장편 소설

"미친 달의 세계에 온 것을 환영한다!"

서울을 중심으로 펼쳐지는 뱀파이어, 그리고 뱀파이어 사냥꾼들의 이야기!
한국형 판타지의 신화, 월야환담 시리즈 애장판
그 첫 번째 채월야!

Book Publishing CHUNGEORAM

유행이 아닌 자유추구 -
WWW.chungeoram.com

박선우 장편 소설
FUSION FANTASTIC STORY

PERFECT GAME 퍼펙트 게임

고통과 좌절의 시간들을 뛰어넘어
불사조처럼 일어나 세계를 제패한 사나이의 일대기.

대한민국을 넘어 메이저리그를 평정하며
명예의 전당에 헌정된 언터처블 투수, 이강찬.

강철 같은 어깨에서 뿜어져 나오는 그의 패스트볼은
무적이었으며 야구계에 길이 남을 **신화**였다.

**야구만을 사랑했던 고독한 사나이.
그의 *퍼펙트게임*이 이제 시작된다!**

가프 장편 소설

관상왕의
1번룸

FUSION FANTASTIC STORY

거대한 도시의 그늘에서 벌어지는
짜릿하고 통쾌한 이야기!

『관상왕의 1번룸』

텐프로의 진상 처리 담당, 홍 부장.
절망적인 삶의 끝에서 만난 남국의 바다는
그를 새로운 인생으로 인도하는데……

쾌락을 원하는 거부, 성공에 목마른 사업가,
그리고 실패로 절망한 사람들이여.

여기, 관상왕의 1번룸으로 오라!

Book Publishing CHUNGEORAM

유행이 아닌 자유추구─
WWW.chungeoram.com

강준현 장편 소설

FUSION FANTASTIC STORY

개척자

Pioneer

『복수의 길』의 강준현 작가가 선보이는
2015년 특급 신작!

글로벌 기업의 총수, 준영.
갑자기 찾아온 몽유병과 알 수 없는 상황들.

"…누구냐, 넌?"
혼돈 속에서 순식간에 바뀐 그의 모든 일상.
조각 같던 몸도, 엄청난 돈도, 뛰어난 머리도 모두, 사라졌다!

스스로도 알 수 없는 낯선 대한민국의 밑바닥부터
다시 시작해야 하는 준영.

"젠장! 그래, 이렇게 산다!
대신 나중에 바꾸자고 하면 절대 안 바꿔!"

**그는 과연 이 상황을 극복하고 자신의 운명을
새롭게 개척해 나갈 수 있을 것인가!**

Book Publishing CHUNGEORAM

유행이 아닌 자유추구 -
WWW. chungeoram.com

승유 퓨전 판타지 소설

FUSION FANTASTIC STORY

환생마법사

Magician return

빠져나갈 수 없는 환생의 굴레.
그는 내게 마지막 기회를 주었다.

"이 세계의 정점이 된다면…
네가 살던 곳으로 돌려보내 주겠다."

대륙 최고를 향한 끝없는 투쟁!
100번째 삶.

더 이상의 실수는 없다.

Book Publishing CHUNGEORAM